Alexandra Krebs

Semper occultus - Bin ich schuldig?

Alexandra Krebs

Semper occultus - Bin ich schuldig?

Ein Hamburg-Krimi

Roman

Erste Auflage im Oktober 2017

Fehnland-Verlag
26817 Rhauderfehn
Dr.-Leewog-Str. 27
www.fehnland-verlag.de

Cover: Scandals under Cover, unter Verwendung eines Bildes
von Storyblocks.com
Lektorat: Roland Blümel und Michael Kracht
Satz und Layout: Michael Kracht

ISBN: 978-3-947220-07-6

1. Kapitel

Martin

Das kann nur wieder ein seltsames Wochenende werden. Für andere Polizisten ist es das an Halloween. Doch bei mir ist es immer das Wochenende rund um den fünften Mai. Heute ist der sechste Mai und das heißt, der Irrsinn geht wieder los: Hafengeburtstag.

Alle verstehen, dass am Halloween irre Dinge passieren, sogar hier in der schönen Hansestadt Hamburg. Aber für mich passieren immer wieder unvorstellbare Dinge rund um den Hafengeburtstag.

So wie im letzten Jahr, als ein Pärchen, auf unsere Wache in Bergedorf kam, eigentlich ein Stadtteil, der fast zwanzig Kilometer vom Mittelpunkt des Geschehens entfernt liegt. Die Frau hat sich lautstark bei uns beschwert, dass ihr Freund keinen Sex mit ihr haben wollte.

Wir versuchten, ihr zu erklären, dass man dazu niemanden zwingen kann. Es hat fast drei Stunden gedauert, bis wir dann auch noch festgestellt haben, dass der vermeintliche Freund gar nicht ihrer war, sondern ein Tourist aus Schottland, der leider kein Wort Deutsch verstand. Sie war zu betrunken, um noch mitzubekommen, wer neben ihr stand. Die Frau bekam dann eine Freinacht in der Ausnüchterungszelle. Ob sie ihren Freund wiedergefunden hat, habe ich leider nie erfahren.

Vor vier Jahren meinte ein junger Mann, uns eine Bibelstunde geben zu müssen. Er ließ sich davon nicht abhalten. Glücklicherweise hatten wir an dem Tag einen Praktikanten und konnten diesen dazu abkommandieren. Er hat sich eine Stunde Bibelverse und die Auslegung dazu angehört.

Aber das Beste, was mir bis jetzt passiert ist, fand gleich im ersten Jahr statt. Ein ca. achtzigjähriger Mann kam auf die Wache, damals noch in Winterhude, ein beschaulicher Stadtteil, in dem die sozialen Strukturen noch so sind, dass man sagen kann, es leben dort hauptsächlich höhergebildete Menschen. Er schrie uns an, wir sollten doch diesem kleinen Rotzlöffel von Neffen erklären, dass nicht jedem Minirock hinterhergestarrt werden sollte. Es würde sich doch in seinem Alter nicht schicken.

Der Neffe war etwas größer als ich mit meinen 1,95 m. Der Großvater war etwa so groß wie meine jetzige Kollegin, die gerade mal 1,65 m misst. Bis heute muss ich immer wieder lachen, wenn ich an diesen Tag zurückdenke.

Ich bin mir sicher, dass heute wieder etwas Besonderes passiert, auch wenn es auf der Wache nach einem ganz normalen Tag sein aussieht. Der Vorraum, in dem die Bürger ihre Anzeigen oder Fragen stellen können, liegt verwaist da. Typisch für einen Sonntagmorgen. Ich atme durch und gehe in den Einsatzraum. Hier stehen einige der Kollegen und unterhalten sich.

»Moin Martin, na meinst du, dass deine Prophezeiung sich bewahrheitet, dass Hafengeburtstag der Tag des Abnormalen sein wird? Ich meine, es ist doch schon Sonntag.«

Maik, ein Kollege, mit dem ich die Ausbildung absolviert habe, der aber im Gegensatz zu mir nicht zur Kripo gewechselt ist, schaut mich belustigt an. Wir haben zufälligerweise fast immer gemeinsam an den Hafengeburtstagsterminen Dienst. Er amüsiert sich über seinen Spruch.

»Noch ist nicht aller Tage Abend, Maik, erst wenn es vorbei ist und nicht wirklich etwas Seltsames passiert, dann werde ich glauben, dass es dieses Jahr mal anders war.«

Torsten und Miriam kommen gerade in diesem Moment in den Raum und scheinen meine letzten Worte gehört zu haben, denn Torsten kann sich einen Witz auf meine Kosten nicht verkneifen.

»Wenn du dich dieses Wochenende verlieben solltest, dann werde ich auch glauben, dass immer an diesem Termin etwas Seltsames passiert.«

Ich habe eindeutig den Ruf des Singles weg. Natürlich habe ich immer wieder mal Affären, doch nie eine, die länger als zwei oder drei Wochen anhält. Ich liebe das freie Leben und möchte das nicht für eine Frau aufgeben.

Gerade als ich antworten will, geht die Tür auf und Paula betritt den Raum. Obwohl sie mit Abstand die kleinste im Raum ist, strahlt sie eine natürliche Autorität aus. Auch wenn sie viel Spaß abkann, traut sich kaum einer, einen Witz auf ihre Kosten zu machen. Ihre langen, braunen Haare hat sie immer zu einem strengen Dutt gekämmt. Die blauen Augen stehen in einem wunderschönen Kontrast zu ihrer Hautfarbe, die sehr dunkel ist und zu den Haaren. Wenn wir gemeinsam an einem Tatort arbeiten, ziehen wir alle Blicke auf uns. Ich mit meinen rotblonden Haaren und Sommersprossen, wie einer, der immer wie ein zu groß geratener Junge aussieht. Und das, obwohl ich Kraftsport betreibe und, wenn Paula recht haben sollte, Arme wie ein Baum habe und sie, klein aber streng dreinblickend.

Vermutlich wäre Paula die einzige Frau, die meinem Single-Leben ein Ende hätte setzen können, aber sie ist seit vier Jahren mit einem tollen Mann verheiratet, mit dem ich mittlerweile befreundet bin. Meine größte Sorge gilt eigentlich eher der Gefahr, dass sie vielleicht schwanger werden könnte und ich einen neuen Partner bekomme.

»Martin, wir sollen zu Karsten. Er hat einen neuen Fall.«

Triumphierend, dass ich doch recht habe, schaue ich in die Runde. Ich bin mir absolut sicher, dass nun das passiert, was ich prophezeit habe.

2. Kapitel

Finn

Dieser Magendruck und die Übelkeit, ich kann ihnen kaum noch standhalten. Ich spüre, dass Mageninhalt meinen Hals hochsteigt. Mein Blick wandert unruhig in dem Raum umher, aber es gibt nirgendwo einen Eimer oder eine Toilette, in den hinein ich erbrechen könnte. Also schlucke ich es hinunter. Kein Wunder, dass es hier drinnen wie in einem Tigerkäfig riecht, denn ich bin bestimmt nicht der erste, dem hier schlecht wird oder der aufs Klo muss. Noch während ich suche, wo ich meine Notdurft erledigen kann, schießt mir ein anderer Gedanke durch den Kopf, der mich ablenkt. Was passiert mit mir? Dieser Raum, in den mich der Polizist gebracht hat, ist kalt. Eisig kalt, kahl und unpersönlich. Auch wenn man genau sehen kann, dass ich nicht der Erste bin, der hier drin ist, erkennt man keine Besonderheiten und auch keine Geschichte. Der Raum wirkt so unmenschlich. Die Antarktis hat mehr Leben. Auch ein Grund, warum ich dieses Frösteln verspüre. Langsam zieht dieses Prickeln vom Hals runter bis in die Pofalte. Aber der Hauptgrund, dass ich fröstle, ist, dass ich es normalerweise liebe, aus dem Fenster zu sehen. Von unserem Hochhaus in die Ferne, weit rüber bis zur Autobahn. Doch fast immer bleibt mein Blick an dem Kinderbauernhof hängen. Wie sich die Kinder freuen können, Schweine, Enten und Ziegen zu beobachten. Das stolze Gesicht der Kinder, wenn sie sich trauen, eines der Tiere zu streicheln. Eltern, die ihren Kindern Eis ausgeben, mit ihnen an der Hand spazieren gehen oder sie sogar auf dem Arm nehmen.

Hier ist nicht einmal ein Fenster und damit habe ich keine Chance auf den Blick in die Natur. Das Einzige, was ich anschauen kann, sind die tristen, grauen Wände, auf denen Striche gezogen oder irgendwelche Sprüche geschrieben wurden. Ich dachte immer, das sei ein Klischee aus dem Fernsehen. Doch es ist Realität. Aber nun verbringe ich mein Leben hinter Gittern. Und wieso? Nur, weil ich frei sein wollte. Frei von meiner Mutter, die mich immer nur unterdrückte. Frei von einer Frau, deren Sklave ich war. Wieso habe ich mich überhaupt gemeldet? Hätte ich nicht einfach abhauen können? Wieso konnte ich nicht mehr mit dem Gedanken leben, alles zu verheimlichen? Tagelang bin ich herumgegeistert. Jeden Winkel der Stadt kenne ich nun. Der Michel, der hat mir den Rest gegeben. Während ich still in der Kirche saß und darüber nachdachte, was ich machen kann, wohin ich abhauen soll, sprach eine leise Stimme zu mir.

»Stell dich, denn du hast keinen Haltepunkt mehr, keine Hilfe. Flucht ist auch kein Leben.« Es zerfrisst mich, dass ich meine Mutter umgebracht habe. Niemals hätte ich geglaubt, dass ich dazu jemals in der Lage sein würde. Ich höre immer noch ihr Röcheln. Das leise, stille Röcheln, ein kurzes Zucken und dann sackte sie zusammen. Nur noch das warme Blut, das über meine Hand lief, zeugte davon, dass sie vielleicht doch ein Mensch gewesen sein könnte. Ansonsten war sie in meinen Augen nur ein Monster.

Während alle meine Freunde und Klassenkameraden in der Schule waren, musste ich oft bei ihr sein. Das wollte sie so. Bier oder Korn aus dem Schrank holen, die Flaschen öffnen. All das konnte ich schon, da waren andere nicht einmal in der Lage, sich die Schuhe zuzubinden. Ich konnte schon den Krankenwagen rufen, da wussten andere nicht einmal, in welcher Straße sie wohnten. Denn so oft ist sie zusammengebrochen. Wie gerne hätte ich mit meinen Freunden auf der Straße gespielt? Doch sie verbat es mir.

»Spielen, Finn, ist nur was für Menschen, die schwach sind. Wir sind stark, wir stehen für einander ein. Aber nicht für andere.«

Das waren immer wieder die Worte meiner Mutter. Aber waren wir wirklich stark? Meine Mutter, ja, sie bestimmt. Doch ich? Sie konnte mich gut unterdrücken. Ich habe immer das gemacht, was sie wollte. Aber ich, ich war nie stark. Meine Klassenkameraden, wenn ich mal von der Polizei zur Schule gebracht wurde, weil ich zu oft gefehlt hatte oder meine Mutter mich nicht entschuldigt hatte, haben das schnell erkannt und immer wieder Wege gefunden, mich zu schikanieren. Das »Netteste« an ihrem Terror war, mir meine Schuhe zu klauen. Dann musste ich barfuß nach Hause und was dort passierte, das kann sich niemand ausmalen. Ich konnte mehrere Tage nicht sitzen. Denn meine Mutter, die sonst nicht ihre Getränke selber holen konnte oder zu schwach war, den Haushalt zu erledigen, war auf einmal sehr gut in der Lage, aufzustehen und mir den Hintern so zu versohlen, dass es tagelang wehtat.

Aber wie gerne würde ich das Leben nun weiterführen, die Zeit zurückdrehen und alles vergessen machen. Nur wird das nicht passieren können.

3. Kapitel

Martin

»Moin ihr beiden, setzt euch.«

Mit einer Hand zeigt Karsten, unser Dienststellenleiter, auf die beiden abgewetzten Stühle an seinem Schreibtisch. Er selber setzt sich auf einen Lederchefsessel, in dem er beinahe versinkt. An den Seiten des Stuhles erkennt man, wie kaputt der schon ist. Sein gelbes Innenleben schaut heraus. Oft denke ich, dass die Stühle genauso alt sind, wie die Wache Bergedorf. Das ist natürlich Unsinn, aber Karsten achtet nicht so sehr auf das Drumherum. Ihm ist seine Arbeit wichtiger als ein nettes Ambiente.

»Ich habe einen Fall für euch, der sollte leicht zu lösen sein.«

Was Karsten als leicht bezeichnet, ist für andere ein normaler bis eher schwieriger Fall.

»Vor einer knappen halben Stunde ist Finn Baumann auf die Wache gekommen und hat den Mord an seiner Mutter gestanden.«

Nicht ungewöhnlich, unter anderen Umständen würde ich ihm zustimmen, aber doch nicht am Hafengeburtstag.

Karsten, der meine zusammengekniffenen Lippen bemerkt, lächelt.

»Martin, nicht immer stimmt es, was du vermutest. Es kann auch ein normales Wochenende werden. Wir sind doch nicht die Davidwache.«

Schnaubend antworte ich.

»Wir sind aber alle Hamburg!«. Karsten muss laut lachen. Sofort zeigen sich seine kleinen Lachfalten, die ihn noch sympathischer wirken lassen.

»Nun hört auf, hier rumzualbern, und lasst uns weiter über den Fall reden, sonst könnt ihr beide einen Arbeitstag auf der Reeperbahn absolvieren. Die Kollegen der Davidwache werden sich freuen.« Mit ihrer ernsten Stimme und einem doch leicht witzigen Unterton holt uns Paula gedanklich wieder zurück zu dem angesprochenen Fall.

»Noch mehr Leute?« Karstens Blick wandert sofort zum Dienstplan. An solchen Tag werden von allen Wachen Kollegen in den Hafen hinbeordert. Die Reeperbahn und der Hafen sind an den Tagen im Ausnahmezustand und nach den Terrorangriffen in Deutschland und der Welt ohnehin.

Nun muss Paula doch lachen. Karsten und Paula arbeiten seit drei Jahren gemeinsam auf der Wache und er hat ihren Humor immer noch nicht verstanden. Ich muss ja zugeben, dass der auch sehr trocken ist.

»Was weißt du denn sonst noch so über den Fall?« Erwartungsvoll schaue ich Karsten an, der immer noch leicht genervt auf seinen Plan blickt, ehe er sich mit einem Kopfschütteln wieder an uns wendet.

»Noch nicht wirklich viel. Er ist nur hier rein, hat den Mord gestanden und schien laut Robert ziemlich verwirrt. Ein Drogenschnelltest wird gerade durchgeführt. Doch ich möchte die Kollegen, die Streife gehen oder fahren, gerne entlasten und bitte euch, alles Weitere zu übernehmen.«

Was ist daran anders als sonst? Das ist das Hafengeburtstagsphänomen, da bin ich mir sicher.

»Hör auf, darüber nachzudenken. Das hat alles nichts mit deinem Phänomen zu tun.« Paula, die meine Gedanken anscheinend gelesen hat, stupst mich in die Seite und dreht sich um.

Ich nicke Karsten noch freundlich zu und folge ihr auf direktem Weg runter zur Zelle, wo wir Finn Baumann vermuten.

Kurz davor dreht sich Paula noch einmal um und schaut mich mit einem spöttischen Lächeln an.

»Martin, sagst du noch ein einziges Mal etwas in diese Richtung des Hafengeburtstagsphänomens, dann werde ich dich zwei Tage mit meiner Schwiegermutter einsperren.«

Das ist wirklich eine schwere Androhung, denn ihre Schwiegermutter ist schlimmer als die Pest. Nichts, aber wirklich rein gar nichts, kann Paula ihr Recht machen.

Sie wagt es sogar, hinter Paula her zu putzen. Diese nimmt es äußerlich zwar gelassen hin, aber innerlich kocht sie.

»Ja, Paula ich werde mich zurückhalten, aber...«. Doch weiter komme ich nicht, denn sie sagt nur ein Wort.

»Irene.« Es reicht, um mich zum Schweigen zu bringen.

»Geht doch«, lacht sie und schließt die Zelle auf.

Ich hatte mir vorher keine Gedanken gemacht, wie der Täter aussehen könnte. Das habe ich mir vor vielen Jahren schon abgewöhnt und ich dachte auch, dass mich nichts mehr verwundern könnte.

Doch kaum sehen wir den Verdächtigen auf der Pritsche sitzen, bin ich erstaunt. Wenn ich das Alter schätzen sollte, hätte ich 12, vielleicht 14 Jahre gesagt. Nur der Kleidungsstil passt nicht wirklich dazu. Eine schwarze Stoffhose und darüber ein weißes Hemd. Braune Lederschuhe und darunter weiße Socken, wie sie auch gern in Krankenhäusern von Ärzten getragen werden.

Doch in diesem altbackenen Kleidungsstil steckt ein kleiner Junge. Ungepflegte Haare, die einige Tage weder gewaschen noch gekämmt wurden. Pickeliges Gesicht, blass und mit eisblauen Augen. Wenn ich ihn so ansehe, schießt mir durch den Kopf, dass nur noch eine laufende Nase fehlt, die er sich in den Hemdsärmel abwischt.

»Finn Baumann?« Immer noch denke ich, dass wir uns im Raum geirrt haben, doch der junge Mann steht sofort auf. Da wir keine Akte haben, ist mir das Alter nicht bekannt. Professionell, wie Paula und ich sind, lassen wir uns nichts anmerken.

»Ja, das bin ich.« Sogar seine Stimme passt zu ihm. Hoch und piepsig.

4. Kapitel

Martin

Ich beobachte Finn Baumann, wie er sich langsam und verschüchtert auf den Stuhl mir gegenüber hinsetzt. Seine Augen wandern unruhig im Raum umher. Augenscheinlich versucht er zu vermeiden, Paula oder mich direkt anzusehen. Seine Lippen sind fest zusammengepresst. In mir wächst die Vermutung, dass er kein Wort sagen möchte. Doch wenn jemand hierherkommt, um einen Mord zu gestehen, gehe ich davon aus, dass er von sich aus anfängt zu reden. Aber es macht den Anschein, als würde er am liebsten gleich wieder losrennen, weg von uns, weit weg. Sein linkes Bein zuckt unaufhörlich, wird dabei immer schneller. Hoffentlich hält das der Stuhl aus. Minutenlang zieht sich das Schweigen hin. Lediglich sein Blick wandert hin und her.

»Herr Baumann, möchten Sie uns sagen, weshalb Sie hier sind?« Ich unterbreche die Stille im Raum. Sofort schießt sein Kopf hoch und er schaut mich an, als wäre ihm jetzt erst klar geworden, dass er nicht allein im Raum ist.

Leise und mit tonloser Stimme, die kaum zu der Stille in der Zelle passt, beginnt er zu reden.

»Ich habe meine Mutter getötet.« Trotz dieser Nachricht verändert sich weder die Körperhaltung noch der

Blick von Finn Baumann. Sein Blick ist immer noch wirr und sein Fuß zuckt immer noch.

Paula unterbricht ihn sofort. Mit sanfter, aber bestimmender Stimme fragt sie:

»Herr Baumann, möchten Sie einen Anwalt haben?«

Das Wort ›Anwalt‹ scheint etwas in Finn Baumann auszulösen. Seine Augen verengen sich. Er schaut Paula an und schüttelt ruckartig den Kopf. Verwirrt beobachte ich das Schauspiel. Ich habe den Eindruck, als würde das Wort ›Anwalt‹ mehr Panik in Finn Baumann auslösen, als der Mord an seiner Mutter.

»Herr Baumann, sollten Sie wirklich ihre Mutter getötet haben, dann brauchen Sie einen Anwalt. Der ist nur dafür da, dass Sie Hilfe bekommen.« Auch ich versuche, ihn noch mal in die Richtung zu drängen, denn ich bin mir sicher, dass er die Tragweite seiner Tat nicht verstehen kann. Auch wenn er vielleicht schon 24 Jahre alt ist.

Das Kopfschütteln wird immer heftiger.

»Nein, ich will keinen Anwalt haben.« Ich bin erstaunt, was für eine feste Stimme Finn Baumann auf einmal haben kann. Sofort wirkt er älter und reifer auf mich.

Paula hebt nur noch resigniert die Schultern. Wenn Finn Baumann sich nicht helfen lassen will, dann können sie oder ich auch nichts dagegen tun. Es ist sein gutes Recht, auf einen Anwalt zu verzichten. Sollte es vor

Gericht gehen, dann wird ihm ein Pflichtverteidiger zur Seite gestellt werden.

»Ok, Herr Baumann, dann erzählen Sie doch von Anfang an.« Paulas Stimme ist auffordernd, aber dennoch freundlich. Ich wäre viel ungeduldiger. Aber auch ich weiß, wann es besser ist, dass Paula spricht und nicht ich.

Obwohl er sich wieder in Schweigen hüllt, kann man sehen, dass er nachdenkt. Seine Augen fixieren meinen Stift auf dem Schreibtisch und das Zittern in den Beinen läßt etwas nach.

»Meinen Sie den Mord oder wieso ich sie umgebracht habe?«

Dieses Mal schalte ich mich ein.

»Beides.« Ich antworte ihm kurz und knapp, damit es ein wenig schneller geht.

Es ist immer wieder ein Irrglaube, dass Menschen denken, den Polizisten sei immer nur der Mord wichtig. Aber wir schreiben einen Bericht an die Staatsanwaltschaft und darin möchten wir gern auch die Hintergründe erläutern. Denn es soll ein Urteil gefällt werden, das Hand und Fuß hat.

»Ich habe gestern meine Mutter getötet. Mit einer Gitarrensaite.«

»Erläutern Sie das doch bitte genauer«, übernimmt Paula mit einem bösen Blick auf mich wieder das Gespräch.

Sie mag es gar nicht, wenn ich so kurz angebunden und genervt bin.

Sofort beginnt Finn Baumann wieder mit den Füßen zu wackeln.

»Was wollen Sie genauer wissen? Reicht es nicht, wenn ich sage, dass ich meine Mutter getötet habe?«

Er hat einen leicht aggressiven Unterton. Aber die Stimme selbst ist wieder leiser als vorher.

»Herr Baumann, beginnen Sie von Anfang an. Wie ist es dazu gekommen, dass Sie ihre Mutter getötet haben?« Paula animiert ihn mit ihrer sanften Stimme zum Weiterreden.

»Ich wollte meine Gitarre holen. Ich liebe meine Gitarre, müssen Sie wissen. Ich spiele sehr gerne auf ihr und dann entsteht eine wohlige Ruhe in meinem Körper. Ich reise in eine andere Welt. Eine friedliche und sanfte Welt. Meine Sachen lagen verstreut in meinem Raum und ich musste sie zusammensammeln. Da lag sie dann, die schöne D-Seite. Sie ist mit Abstand meine liebste Saite.«

Ich bin erstaunt, wie liebevoll er über diese Saite redet. Natürlich bin ich kein Musiker und habe deswegen auch keine Bindung dazu, aber ich habe auch noch nie jemanden so zärtlich über eine Gitarrensaite reden gehört. Doch Finn Baumann unterbricht sein Reden nicht.

»Sie fühlte sich so richtig an. Stark und unnachgiebig. Sie lag so perfekt in der Hand.«

Während er über die Gitarrensaite wie über eine Frau spricht, beginnt seine Stimme, fester und klangvoller zu werden. Ich habe den Eindruck, als würde richtig Leben in ihn kommen.

»Die Saite war weich und doch kalt. Ich bin dann ins Wohnzimmer. Meine Mutter saß wie immer im Wohnzimmer. All die Jahre saß sie immer nur dort in ihrem Sessel mit diesem schrecklichen Blümchenmuster. Von hinten habe ich ihr sanft über den Hals gestreichelt. Es passte perfekt, diese wunderbare Nylonsaite und ihre Hautfalte. Beide hatten genau die gleiche Tiefe.«

Ich habe schon viele Geständnisse gehört, doch dieses ist schon von besonderer Art. Er, der wirklich aussieht, als würde er gerade vom Spielplatz kommen, beschreibt hier mit einer Liebe den Vorgang, dass sogar ich einen leichten Schauer auf meinem Rücken spüre. Ich beginne, meine Muskeln anzuspannen. Das Hemd, das ich heute anhabe, wird mir zu eng. Ein- und ausatmend versuche ich, mich zu entspannen und mir nicht anmerken zu lassen, was ich über die Geschichte denke.

»Ich habe diese wunderbare Saite in die dafür perfekte Falte gelegt. Sie lag genau hier.«

Mit einer Hand fährt er eine nicht vorhandene Linie über seinem ausgeprägten Adamsapfel nach. »Langsam habe ich die Saite nach links und dann nach rechts gezogen. Es gab ein leises, quietschendes Geräusch. Eine wunderschöne Melodie. Es ist so schade, dass ich sie nicht schon vorher hören durfte.«

Während Finn Baumann das erzählt, bekommt er einen beseelten Gesichtsausdruck. Und ich muss mich schütteln, um das Bild vor meinem inneren Auge wegzubekommen. Ich empfinde es so, als würde er gerade den Mord noch mal durchleben und sich dabei sehr gut zu fühlen. Paula schaut ihn mit großen Augen an. Ich vermute, auch sie revidiert gerade ihre Meinung über den Mann.

»Dann wollte ich testen, wie es sich anfühlt, wenn ich die Saiten am Ende packe und überkreuze. Am Anfang war es sehr langweilig, aber dann habe ich meine Hände immer weiter auseinandergezogen. Langsam riss die Haut ein und es tat so gut. Sie war noch nie so ruhig wie in diesem Moment. Eine wunderbare Stille legte sich über unsere Wohnung.«

Stille scheint etwas zu sein, was ihm wichtig ist.

»Immer weiter zog ich mit der Saite. Auf einmal knackte es. Könnte es vielleicht der Kehlkopf gewesen sein?«

Er lächelt leicht verträumt. Das erste Mal, seit er angefangen hat, darüber zu reden, habe ich das Gefühl, dass er wahrnimmt, nicht allein im Raum zu sein. Nach einigen Sekunden der Stille, in denen ihm keiner von uns antwortet, redet er weiter.

»Sie fing an, wie wild mit den Armen zu rudern. Es wurde sehr schwer, den Zug mit der Gitarrensaite aufrecht zu erhalten. Aber ich habe es geschafft. Nach wenigen Minuten war ihr Kampf gegen meine glatte und durch ihren Körper warm gewordene Saite beendet. Ein Röcheln entglitt ihrer Kehle und sie hörte auf zu atmen. Nie wieder wird sie befehlen können, nie wieder wird sie mich beherrschen und in unserer Wohnung wird immer Ruhe herrschen.«

Mit diesen Worten sinkt er wieder in sich zusammen und nur ein kleiner, roter Fleck auf seiner Wange zeugt davon, dass er gerade eben noch in einer anderen Gefühlswelt war.

»Zeigen Sie mir bitte doch einmal ihre Hände.«

Paulas Stimme ist kalt und unnachgiebig. Total untypisch für sie, als ob sie eben nicht mit im Raum gewesen wäre und nicht gehört hätte, was gesagt wurde. Normalerweise ist sie immer jemand, der nach einem Geständnis zunächst ruhig und zurückhaltend bleibt. Heute ist sie dagegen sehr offensiv. Soll mir noch mal jemand sagen, dass es nicht das Hafengeburtstagsphänomen ist. Finn Baumann schaut verwirrt hoch, aber ohne Widerrede zeigt er seine makellosen Hände, die nicht die kleinste Verletzung aufweisen. Er hat nirgends Hornhaut und seine Fingernägel sind akkurat geschnitten. Kein Schmutz. Nichts.

»Ok, ich sehe keine Verletzungen an ihrer Hand. Haben Sie Handschuhe oder Ähnliches getragen?«

Der Verdächtige schaut sie verwirrt an.

»Ich glaube nicht.«

Sofort beuge ich mich vor und horche genauer hin. Er muss doch wissen, ob er etwas getragen hat oder nicht.

»Wieso wissen Sie das nicht mehr?«, hakt Paula sofort nach. Es ist nichts Weiches mehr in ihrer Stimme. Sie benimmt sich gerade so, wie ich mich üblicherweise gegenüber Verdächtigen benehme.

Sofort beginnt der Verdächtige, mit den Füßen zu zucken, und die Augen werden wieder unruhig. Es ist nichts übrig geblieben von seiner Sicherheit, die eben noch da war.

»Herr Baumann, wann haben Sie ihre Mutter getötet?« Ich versuche es noch einmal mit freundlicher, aber bestimmter Stimme. Manchmal ist es so, dass die Verdächtigen auf einen von uns gut reagieren, aber den anderen kaum wahrnehmen.

»Vermutlich heute, vielleicht aber auch gestern. Ich bin mir nicht mehr so sicher.« Seine Stimme ist so leise, dass ich Probleme habe, ihn zu verstehen.

»Sie müssen doch wissen, wann Sie ihre Mutter getötet haben.« Paula schreitet sofort wieder ein.

Nervös beginnt er, sich am Kopf zu kratzen, und das Zucken des Beines wird immer heftiger. Der Tisch, an dem wir sitzen, scheint sich rhythmisch dazu zu bewegen. Unter anderen Umständen hätte ich ihn aufgefordert, es zu unterlassen. Aber es ist eindeutig, dass er es nicht kontrollieren kann.

»Herr Baumann, wir kommen so nicht weiter. Wir werden erst einmal in die Wohnung ihrer Mutter fahren und uns den Tatort genauer ansehen. Danach entscheiden wir, wie es mit Ihnen weitergeht.«

5. Kapitel

Finn

Wieso werde ich so viel gefragt? Es muss doch jedem klar sein, dass ich meine Mutter getötet habe. Wieso glauben sie mir nicht? Vor meinem geistigen Auge läuft die Szene wieder und wieder ab. Das leise Röcheln, das Zucken und dann das Blut. Es ist so viel Blut über meine Hände runter auf den weißen Flokati Teppich geflossen. Die Zotteln des Teppichs haben sich von weißgrau in ein sattes Rot verwandelt. Ein kleiner See voller Blut vor den Füßen meiner Mutter. Und danach die Stille und Ruhe, nie war es so ruhig bei uns in der Wohnung. Entweder meine Mutter hat gebrüllt oder Fernseher, Radio oder ihre seltsamen Hörbücher liefen.

Sobald sie da sind, werden sie es finden und dann wird man mir glauben. Man wird mir keine Fragen mehr stellen und dann wird es in einen anderen Raum gehen. Vielleicht in einen besseren?

Dieser Geruch in dieser Zelle ist unerträglich. Er vermischt Urin, Schweiß und andere Gerüche, die ich nicht einsortieren kann.

Wie viele saßen hier schon drin? Waren es alles Mörder? Haben sie auch damit um ihre Befreiung von einer Unterdrückung gekämpft? Durch den Tod meiner Mutter bin ich innerlich endlich frei und das ist das, was ich immer wollte. Frei sein von ihr.

Seltsam, irgendwie kommt mir der Raum so vertraut vor. Passiert das wirklich so schnell? Ich bin doch erst heute Morgen hierhergekommen. Oder war es heute Nacht? Aber wenn man hier, genau hier neben der Tür, einen schweren, massiven Mahagonischrank hinstellen würde, dort anstelle der Pritsche ein Doppelbett aus Mahagoni und hier genau gegenüber von dem Bett an der freien Wand einen Schreibtisch mit einem Stiftekö-cher, dann wäre es so, wie ich es kenne.

Aber das ist doch Quatsch, wie komme ich auf die Idee, dass mir so ein Raum vertraut sein könnte? Ich meine, mein Zimmer, in dem ich die letzten achtzehn Jahre verbracht habe, hatte ein kleines Jugendbett, einen Kleiderschrank und einen angeranzten Schreibtisch und alles aus Eiche. Eiche, fand meine Mutter, sei genau das, was ich darstellen sollte. Stark wie eine Eiche, jedem Wind und jedem Sturm standhaltend. Immer wieder verglich sie mich mit einer deutschen Eiche. Aber ich fühlte mich selber eher wie eine Pappel, immer am Zit-tern, wenn ein Windhauch an mir vorbeihuschte. Wie gerne wäre ich stark und kräftig.

»Du bist stark, wenn du mit dir im Reinen bist.« Selt-sam, wieder so etwas Vertrautes. Woher habe ich diesen Satz bloß? Vielleicht von meiner ehemaligen Lehrerin? Sie hatte immer mal wieder solche Sinnsprüche auf La-ger.

Frau Langenhagen, meine ehemalige Lehrerin für Gesellschaftskunde und Religion, die immer wieder hinter mir stand, mir in allen Lebenslagen geholfen hatte, wie gerne hätte ich sie bei mir. Ich muss sie anrufen, sobald ich hier raus kann, oder darf man einen Anruf tätigen? Ich glaube, ich habe so etwas schon mal im Fernsehen gesehen.

Ich muss doch in meinen Jackentaschen meine Geldbörse haben. Sie muss hier sein. Wo ist sie bloß? Aber ich kann die ganze Jacke auf den Kopf stellen. Kein Portemonnaie und damit auch keinen Zettel mit ihrer Nummer. Nichts ist mehr da. Wer hat ihn? Ach ja, nun fällt es mir wieder ein. Als ich auf die Wache gekommen bin, musste ich alles abgeben. Es macht mich nervös. Würde mich jemand hören, wenn ich rufe? Es lässt mir keine Ruhe. Ich klopfe an die Tür, lauter und doller. Mir tun schon nach kurzer Zeit die Hände weh, aber es ist mir egal, ich will, dass die mich da draußen hören können.

Endlich leise und von der dicken Wand gedämpft höre ich:

»Warten Sie eine Sekunde. Ich bin sofort da.« Ich wurde gehört und bin erleichtert.

Ein Ratschen und dann steht ein älterer, aber sehr freundlich blickender Polizist vor mir.

»Müssen Sie mal, Herr Baumann?« Seine milde, beinahe brummbärige Stimme beruhigt mich ein wenig. Aber wie kann er denn glauben, dass ich aufs Klo muss? Ich brauche das Wichtigste in meinem Leben. Die Nummer von Frau Langenhagen.

Hektisch schüttele ich meinen Kopf.

»Nein, aber ich hatte heute Morgen eine Geldbörse dabei, wo ist die?« Verwirrt schaut mich der Polizist an.

»Ich war leider heute Morgen nicht da, als Sie gekommen sind, aber ich vermute, sie liegt im Tresor. Dort liegt sie sicher. Sobald Sie entlassen werden, bekommen Sie sie wieder.«

Sein Lächeln soll mich in Sicherheit wiegen, aber eher das Gegenteil ist der Fall. Ich möchte sie jetzt haben. Ich will nicht, dass jemand Fremdes sie in seinen Händen hält.

»Bitte, es ist dringend. Ich brauche die Geldbörse. Können Sie sie mir bringen?« Ich lege meine ganze Kraft in diese Frage und es scheint anzukommen. Ein Nicken und er schließt die Tür hinter sich.

Aufgeregt laufe ich auf und ab in diesem kleinen Raum. So also fühlt sich ein Tiger, der in seinem Käfig gefangen ist.

Die Minuten ziehen sich endlos dahin. Kurz bevor ich wieder an der Tür klopfen will, höre ich, wie der Schlüssel im Schloss umgedreht und die Tür aufgestoßen wird.

»Entschuldigen Sie, es hat ein wenig länger gedauert, aber nun habe ich die Geldbörse dabei.« Mit diesen

Worten überreicht er mir meine blaue Scout-Börse. Ich habe sie vor etwa zehn Jahren von meiner Tante zu Weihnachten geschenkt bekommen. Geld war da noch nie drin. Meine Mutter hat mir weder Taschengeld gegeben, noch durfte ich einkaufen gehen. Ich musste zwar alles andere im Haushalt erledigen, aber einkaufen, das traute sie mir nicht zu.

»Finn, du bist nicht in der Lage, das Wechselgeld zu zählen. Du wirst doch nur beschissen.«

Ihr Ton – er war dann immer so eisig. Auch jetzt wieder verspüre ich ein Frösteln.

Zügig öffne ich die Börse. Ja, da ist er. Ein kleiner, fein gefalteter Zettel ist drin, auf dem eine Nummer mit dem Namen Frau Langenhagen steht. Daneben ist ein größerer, keine Ahnung, was das für einer ist, aber wichtig ist mir nur die Nummer von Frau Langenhagen, die gebe ich nicht wieder her. Mit der Börse an die Brust gepresst setze ich mich auf die Pritsche und falte den kleinen Zettel auseinander.

Mit einem roten Stift und der Schrift leicht geschwungen, so wie es typisch für Frau Langenhagen war, stehen ihr Name und ihre Telefonnummer auf dem Papier. Er ist nicht weg. Ob ich sie später anrufen darf? Ich werde die beiden Polizisten fragen. Der Herr, der jetzt vor mir steht, scheint es eilig zu haben. Ich bin ihm sehr dankbar, dass er so freundlich zu mir ist, obwohl ich ein Mörder bin.

»Wenn Sie wollen, können Sie den Zettel und ihre Börse behalten. Ich verstehe nicht, wieso man sie Ihnen abgenommen hat. Ich dachte, da wäre eine lange Kette oder etwas dran, womit Sie sich oder jemand anderes verletzten können.«

Dankbar versuche ich, ihn anzulächeln, aber vermutlich ist das schiefgegangen, denn ohne ein weiteres Wort verlässt er den Raum und schließt mich wieder ein.

6. Kapitel

Martin

Schweigend fahren wir zur angegebenen Wohnung. Normalerweise reden wir viel miteinander, doch heute herrscht bedrücktes Schweigen. Der junge Mann und seine kalte und doch so emotionale Beschreibung gehen mir nicht mehr aus dem Kopf. Wieso hat er sich eigentlich in Bergedorf gestellt? Seine Mutter hatte er in Kirchdorf-Süd ermordet. Dieser Stadtteil ist ziemlich weit draußen im Süden Hamburgs. Während wir über die Elbbrücken fahren, gleitet mein Blick zur Elbphilharmonie. Gerade wollte ich zum Sprechen ansetzen, da schaut mich Paula mit einem bösen Blick an.

»Ich will nichts von deiner Theorie hören. Das ist ein ganz normaler Fall.«

Grinsend, weil ich sie wieder darauf aufmerksam machen wollte, dass ich recht habe, schweige ich.

Schon kurz hinter der Autobahn beginnt der Teil Hamburgs, den ich nicht besonders mag. Hochhäuser dominieren das Straßenbild. Dahinter wurde zwar ein großer Spielplatz mit viel Grün angelegt, aber der kann den Eindruck auch nicht verbessern. Häuser mit siebzehn Stockwerken ragen hoch in den Himmel, die Eingänge sind häufig defekt, die Türen dadurch nicht abschließbar, Müll wird nicht selten einfach aus den Fenstern entsorgt. Eine Zeit lang saß unten immer ein Pförtner, aber auch dieser musste aus Kostengründen eingespart werden, was dazu führte, dass die Wohnanlage noch mehr verdreckte. Es gab Zeiten, da galt dieser Bereich sogar schon als die Favela von Hamburg. Aber glücklicherweise hat sich das wieder gelegt.

Finn Baumann wohnt mit seiner Mutter in dem mittleren Haus. Davor spielen Kinder. Kinder, die meines Erachtens in den Kindergarten gehören oder in die Schule. Einige Eltern haben hier immer noch nicht mitbekommen, dass ihr Nachwuchs ab dem Alter von einem Jahr den Kindergarten in Hamburg kostenlos besuchen könnte. Sie lassen ihre Kleinen lieber zu Hause, als dass sie sie weggeben. Ich schüttle diesen Gedanken ab. Ich weiß, ich bin zu moralisch, bin auch kein Vater und kann deswegen vielleicht einiges nicht nachvollziehen. Eine meiner Ex-Freundinnen war sogar der Ansicht, es wäre besser, wenn ich nie Kinder bekommen würde. Vielleicht hatte sie recht. Es wäre zumindest das Einzige, womit sie in unserer Beziehung recht gehabt hätte. Ich versuche, die Gedanken abzuschalten. Diese Hochhäuser lassen mich immer nachdenklich werden, gerne würde ich mehr unternehmen, damit die Situation sich hier verbessert, aber allein schafft man das nicht.

»Wohin genau müssen wir?« Ich will mich wieder auf den Fall konzentrieren und suche in der Akte nach dem Stockwerk. Paula grinst mich an.

»Na, wohin wohl?« Ich weiß, dass sie auf meine Höhenangst anspricht. Es kann also nur ganz oben sein.

»Siebzehnter?« Ich lege so viel Verzweiflung wie möglich in meine Stimme, damit auch Paula merkt, dass ich einen Scherz mache. Aber ich möchte die Stimmung ein wenig aufhellen.

Grinsend nickt sie.

»Ich sterbe.« Theatralisch nehme ich die Hand vor mein Gesicht und stelle mich wie eine Diva vor sie hin.

»Ach, dann wirst du vermutlich die einzige Leiche in unserem Fall sein.«

Erstaunt blicke ich sie an.

»Du meinst also nicht, dass Finn Baumann seine Mutter getötet hat?«

Da uns gerade zwei Jugendliche im Hauseingang entgegenkommen, schweigt Paula. Kaum sind die beiden aber außer Hörweite, schaut sie mich an und schüttelt den Kopf.

»Du hast noch nie Gitarre gespielt, oder?«

Ich schüttle den Kopf. »Nein, ich höre nicht mal besonders gerne Musik.« Ich verschweige, dass ich hin und wieder Klassik höre. Ich möchte nicht, dass mein Bild, das ich nach außen zeige, einbricht. Jeder, der mir begegnet, sieht in mir nur den starken Mann. Denjenigen, der es liebt, in ein Fitnessstudio zu gehen, Gewichte zu stemmen und Oberarme wie Äste hat. Immer trage ich die neuesten Klamotten und gebe nach außen eher den Macho als den Softie. Selbst vor Paula halte ich dieses Bild gerne hoch. Ich bin mir zwar sicher, dass sie das schon längst durchschaut hat, aber sie schweigt sich darüber aus.

»Nun, ich weiß nicht, ob du es weißt, aber ich spiele viel Gitarre.« Damit zeigt sie mir ihre Hände. Ich sehe an der rechten Hand Hornhaut auf den Fingerkuppen.

»Die kommt vom Runterdrücken der Saiten. Ich sage dir, am Anfang hat es so wehgetan. Finn Baumann hat das nicht.«

Stimmt, mir fällt wieder ein, dass er makellose Finger hatte.

Paula aber spricht sofort weiter.

»Er erzählte uns aber auch noch, dass er seine Mutter mit einer Nylonsaite ermordet hat. Vielleicht konnte er sie damit Erdrosseln, aber eine klaffende Wunde damit hervorzurufen, das ist ein Ding der Unmöglichkeit.«

Nun muss ich sie aber unterbrechen. Ich erinnere mich nicht mehr an viel aus dem Musikunterricht. Aber was ich ganz genau weiß ist, dass ich mich einmal im Musikunterricht an eine E-Gitarre gewagt hab. Ich sollte sie Nachspannen und dabei riss die Saite. Beim neuen Einspannen der Saite habe ich mich ziemlich arg geschnitten.

»Ich habe mich einmal beim Spannen einer Saite verletzt.«

Ein milder Blick, der mich sofort kleinlaut werden lässt, ist ihre Antwort.

»Martin, was für eine Gitarre war denn das? »

Kleinlaut, weil ich genau weiß, dass ich in ein Fettnäpfchen gesprungen bin, antworte ich.

»Mit einer E-Gitarre in der Schule.«

Ein Heben der Augenbraue ist ihre einzige Antwort.

»Hmmpf, du meinst also, dass da ein Unterschied besteht?«

Sie lacht laut auf und fasst mich am Oberarm. Gespielt lehrerhaft antwortet sie: »Du kennst eine Nylonsaite?« Leise knurre ich.

»Du kennst auch Metallsaiten?« Oh je, nun fühle ich mich wie ein kleiner Junge, denn natürlich gibt es da einen Unterschied. Dass ich nicht gleich daran gedacht habe. Lächelnd und ihr Wissen auskostend, geht sie vor mir her. Aber ich verstehe immer noch nicht, wieso sie davon ausgeht, dass er seine Mutter nicht getötet haben könnte. Immerhin wusste er nicht mehr, ob er Handschuhe getragen hatte. Wir müssen nur eine Gitarre finden und schon wären wir der Lösung des Falls nähergekommen.

Familie Baumann Wohnung ist über einen Außenbalkon erreichbar. Von außen kann man schon in die Küche sehen.

Paula schaut verwirrt in ihre Notizen und dann zu mir.

»Hatte Finn nicht gesagt, dass er heute oder gestern, aber auf jeden Fall in den letzten Tagen, seine Mutter getötet haben will?«

Ich nicke. Und ich weiß dieses Mal sofort, was sie meint. In der Küche stehen Teller und Töpfe, alle mit einem Schimmelpilz überzogen. Ich schätze, die Sachen sind schon mehrere Wochen nicht mehr abgewaschen worden.

»Vielleicht hat die Mutter nichts von Abwaschen gehalten.« Es wäre ja nicht das erste Mal, dass wir in einer Wohnung sind, in der lange nicht mehr abgewaschen wurde oder allgemein keine Hygiene herrscht. Gerade in diesen Blöcken haben wir es oft mit Messies zu tun, auch wenn uns immer wieder gesagt wird, dass Messiesein nichts mit der sozialen Schicht zu tun hat. Vielleicht liegt es auch einfach daran, dass wir aus Wilhelmsburg meistens in diesen Bereich zu Einsätzen gerufen werden und nicht nach Alt-Wilhelmsburg, wo eher Menschen leben, die ein geregelteres Einkommen haben.

»Hilft alles nichts, wir müssen rein.« Nachdem ich mehrmals geklingelt habe und niemand öffnet, nehme ich den Schlüssel und schließe die Tür auf. Uns kommt ein bestialischer Gestank entgegen. Eines muss man der

Bauweise des Hauses lassen: Draußen habe ich nichts davon gerochen.

»Buh.« Paula dreht ihren Kopf angewidert zur Seite.

»Wieso müssen wir immer den Mist abbekommen? Ich kann schon wieder nach dem Dienst meine Klamotten entsorgen. Den Gestank bekomme ich nie wieder raus.«

Paula glaubt immer, dass ihre Kleidung nach so einem Einsatz riecht. Aber ich muss ihr Recht geben: Es hat zwar Vorteile, dass wir nicht in Uniform arbeiten, aber es hat auch ebensolche Nachteile.

Mit einer Hand vor Mund und Nase betreten wir die Wohnung. Von einem kurzen Flur gehen drei Räume ab. Auf der linken Seite vorne ist die Küche. Die konnten wir ja schon von draußen sehen. Auf der rechten Seite befindet sich die Toilette. Im Gegensatz zur Küche ist diese picobello aufgeräumt. Nur Staub deutet darauf hin, dass auch hier länger niemand mehr war. Geradeaus geht es zum Wohnzimmer. Was sofort ins Auge sticht, ist ein Sessel mit Blümchenmuster. Der Sessel dominiert den ganzen Raum. Aber es sitzt niemand drin. Ein großer bräunlicher Fleck ist davor. Es könnte eingetrocknetes, altes Blut sein. Sofort drehen wir um und verlassen die Wohnung. Hier muss die Spurensicherung her.

Die Situation, die wir vorfinden, lässt mich meinen Triumph genießen. Ich drehe mich zu Paula und meine triumphierend: »Siehst du, hab ich dir doch gesagt.«

»Ach Martin, halt doch mal den Mund. Hier stimmt was nicht. Wo ist die Leiche? Wie lange haben Finn und seine Mutter diese Wohnung nicht mehr betreten? Da waren Spinnweben in den Ecken der Zimmer, riesengroße noch dazu und dann der Schimmelpilz, der ist doch auch schon einige Wochen alt. Macht dich das nicht auch stutzig?«

Sie hat natürlich Recht, aber es hilft auch nichts, uns gegenseitig anzumachen. Obwohl ich damit ja angefangen habe.

Nachdem wir die Spurensicherung angerufen haben, beginnen wir mit der Befragung der Nachbarn. Aber es ist so typisch für diese Gegend: Keiner kennt die Mitbewohner, aber alle sind sich sicher, dass sie Frau Baumann schon viele Wochen nicht mehr gehört oder gesehen haben.

Als letztes klingeln wir an der Nachbarwohnung, obwohl wir keine Hoffnung mehr haben, noch etwas zu erfahren.

Ein Mann öffnet die Tür in einem dreckigen Feinrippunterhemd und einer labberigen Unterhose. Beides völlig verdreckt. Ein Bier in der Hand und das um gerade mal zwölf Uhr mittags.

»Was wollen Sie?« Seine Stimme ist nicht mehr als ein Knurren.

Am liebsten würde ich sagen: ›Ach nichts‹, denn ich glaube, der kann uns nicht helfen.

Paula zeigt ihre Dienstmarke mit einem freundlichen Lächeln, und mit ihrer sanftesten Stimme, um ihn ein wenig zu beruhigen, fragt sie: »Kennen Sie ihre Nachbarin, die Frau Baumann?«

»Natürlich kenne ich sie. Ihr Wohnzimmer ist genau neben meinem. Was wollen Sie denn wissen? »

Seine Stimme ist freundlicher geworden, aber dadurch, dass er nun mit kräftigerer und lauterer Stimme spricht, bekomme ich die Alkoholfahne stärker ab. Nach so vielen Jahren sollte ich abgehärtet sein, aber ich verstehe immer noch nicht, wieso man um diese Uhrzeit schon so viel getrunken haben kann.

»Wann haben Sie denn Frau Baumann das letzte Mal gesehen? »

Ein höhnisches Lachen ist die Antwort auf Paulas Frage.

»Gesehen? Schon Jahre nicht mehr. Nachdem die Olle im Krankenhaus war, hat sie doch nie wieder ihre Wohnung verlassen. Lebensmittel hat die sich liefern lassen. Sie tat immer so, als wäre sie schwach. Aber die konnte auch anders. Ihr armer Sohn, sage ich nur. Ich konnte verstehen, dass er irgendwann abgehauen ist.«

»Abgehauen?« Paula hakt sofort nach.

»Na klar, und verübeln konnte ich ihm das nicht. Die Alte hat ihn wie einen Sklaven gehalten. Aber kurz nachdem er achtzehn Jahre alt wurde, ist er über Nacht einfach abgehauen.«

Das war vor zwei Jahren. Wenn er schon weg war, wieso hat er uns das nicht erzählt und was noch viel wichtiger ist, wieso hat er seine Mutter nach einer so langen Zeit getötet?

»War Finn noch mal zu Besuch in den letzten Tagen?«

Der Nachbar schüttelt den Kopf. »Nein, ich denke nicht, aber die Alte ist auch schon seit einigen Wochen nicht mehr da. Sie hatte Besuch von so komischen Leuten. Es war noch mal richtig laut in der Wohnung. Ich dachte, die hat wieder einen ihrer Ausraster und habe mir nichts mehr dabei gedacht. Danach war dann Ruhe.« Er macht eine kurze Pause und spricht dann mit lauterer Stimme als zuvor weiter.

»Endlich, sage ich Ihnen. Immer ihr Gekeife und ihr Gezeter. Ich war öfters drüben und habe ihr versucht zu erklären, dass sie das mit dem Alkohol lassen sollte, wenn sie den nicht abkann. Ich trinke ja auch gerne mal ein Bier, aber so ein Krach, nein, das muss nicht sein. »

Es ist wohl mehr als ein Bier, was er gerne mal trinkt, denke ich, halte mich aber zurück.

»Sie haben nun wie lange in etwa nichts mehr gehört?« Paula möchte es genau wissen.

»Hm…. Zwei, vielleicht drei Wochen?« Dafür, dass ihn der Lärm so gestört hat, ist er sich aber sehr unsicher.

»Wie lange haben Sie Finn Baumann nicht mehr gesehen oder gehört?« Hier kann man ja von Sehen nicht sprechen. Aber vielleicht kann er uns ja doch noch weiterhelfen.

»Ich schätze wirklich bestimmt zwei Jahre nicht mehr. Ich muss sagen, er war wirklich ein guter Junge. Aus dem hätte was werden können, wenn er nicht diese Mutter gehabt hätte. Nicht einmal regelmäßig in die Schule durfte das Kind gehen. Wenn er das gemacht hatte, dann hat sie ihm aber so gehörig die Meinung gegeigt. Ich hätte mich damals vielleicht doch einmischen müssen, aber wissen Sie, ich habe immer gedacht: Du willst das doch auch nicht. Also dass sich jemand in dein Leben mischt.« Mit diesen Worten verabschieden wir uns.

»Es ist doch typisch, oder? Jeder denkt: ›Bloß nichts sagen‹ und was ist? Genau mit diesem Verhalten zerstören sie Leben.« Ich kann nicht mehr an mich halten. Wenn das im Ansatz stimmt, was der Nachbar erzählt, dann ist es nachvollziehbar, wieso Finn Baumann seine Mutter getötet hat. Aber wieso ihm keiner geholfen hat, das verstehe ich einfach nicht.

Also das Motiv dürften wir haben, fehlt nur noch die Leiche.

Endlich kommt die Spurensicherung.

»Na ihr beiden.« Der Größte der drei beginnt sofort mit einem flapsigen Spruch. Es ist zwar nicht ungewöhnlich, aber lustig finde ich es nicht.

»Seid ihr wieder einem Serienmörder auf der Spur?«

Nur, weil wir einmal einen großen Fall geklärt hatten, mit dem wir auch ausgezeichnet wurden, bekommen wir immer wieder so einen Spruch zu hören. Ich bin langsam müde, darauf noch zu antworten.

Paula ist da schlagfertiger. »Vielleicht. Und wenn du deinen Job gut machst, werden wir dich dieses Mal auch erwähnen, wenn wir zum großen Boss dürfen.« Ich kann mir ein Grinsen nicht verkneifen und finde es klasse, dass Paula so einen Spruch ablassen kann, ohne auch nur eine Miene dabei zu verziehen. Der Kollege wird knallrot und hält seinen Mund.

»Jungs, lasst uns unsere Arbeit machen. Also wir haben jemanden der behauptet, er hätte seine Mutter getötet. Wir müssen von euch wissen, ob es sich bei den gefundenen Spuren um Blut handelt und wenn ja, ob es von seiner Mutter sein könnte. Er berichtet, dass er sie mit einer Nylonsaite getötet habe. Wenn ihr diese finden würdet, wäre das wirklich super.«

Der Kollege antwortet nicht, sondern dreht sich mit einem Nicken um und verschwindet in der Wohnung.

»Ruft ihr nachher an und berichtet von euren ersten Ergebnissen?« Ein »wie immer« ist die Antwort. Der

Kollege ist nach dem Anraunzer von Paula nicht mehr in der Stimmung, weiter mit uns zu reden.

Auf dem Weg zum Auto kann ich ein Lachen nicht mehr unterdrücken.

»Paula, dem hast du es gegeben. Du wirst dich noch zum Schrecken der Kollegen entwickeln, wenn du so weitermachst.«

Sie wirft mir einen gespielt bösen Blick zu.

»Ach Mensch, Martin, nerven dich diese Sprüche denn nicht selbst?«, erwidert sie. Ich weiß aber genau, dass sie ihren Spaß an dieser Geschichte hatte.

Auf dem Weg zur Wache halten wir bei einem Bäcker, holen uns Kuchen und jeder einen Latte macchiato. Es wird mit Sicherheit noch ein langer Tag werden, ehe wir für heute Schluss machen können. Wir müssen bis zum Abend entscheiden, ob wir Finn Baumann dem Haftrichter vorführen oder eher eine Einweisung in die Psychiatrie beim Richter erwirken. Für mich ist immer noch nicht klar, ob er wirklich seine Mutter getötet hat oder ob er einfach nach Hilfe ruft. Dies ist für mich immer der schwierigste Teil des Jobs.

Auch Paula scheinen diese Gedanken durch den Kopf zu gehen, denn in unserem Zimmer sitzen wir schweigend an unserem Kuchen und dem Kaffee.

Plötzlich unterbreche ich das Schweigen.

»Wir müssen noch mal mit ihm reden. Du bist dir also sicher, dass die Tötung mit einer Nylonsaite nicht möglich ist? »

»Töten ja, zum Verbluten bringen aber nicht. Außerdem fehlt noch die Leiche. Wo hat er sie hingebracht, wenn er sie wirklich getötet haben will? Ja, und wo war er die letzten zwei Jahre? Ich habe es so verstanden, dass er bei seiner Mutter gelebt hat. Er ist ja auch noch bei ihr gemeldet.« Paula unterbricht ihre Aufzählung der Ungereimtheiten. Sie hat recht. Es sind einfach zu viele Faktoren, die nicht passen.

Nachdem wir den Kuchen aufgegessen haben, gibt es keine weitere Ausrede. Wir müssen Finn Baumann hochholen lassen und die Befragung fortsetzen. Ein Blick auf die Uhr sagt uns, dass es schon 15 Uhr ist. Der Tag kann noch lang werden. Innerlich sage ich meinen Sport ab, also doch ein typischer Fall von Hafengeburtstag. Ich lasse meinen Sport normalerweise nie ausfallen.

Als der Kollege ihn uns ins Zimmer schiebt, habe ich das Gefühl, dass Finn Baumann ruhiger geworden ist. Er kann uns direkt ansehen.

»Herr Baumann, wann genau wollen Sie ihre Mutter getötet haben?«

Paula hält sich nicht mit langen Reden auf, sondern beginnt sofort mit der Befragung.

»Gestern, vielleicht auch heute Nacht.«

Ich schüttle den Kopf. Er bleibt bei der Geschichte.

»Herr Baumann, Sie wissen ja, dass wir eben bei Ihnen in der Wohnung waren. Da ist keine Leiche und die Wohnung wurde seit Wochen nicht mehr betreten.« Meine Stimme ist eiskalt. Meine Lust auf seine Spiele ist gleich null. Sofort wird er wieder unruhig und schüttelt wie wild den Kopf.

»Das kann nicht sein, sie muss da sein. In ihrem Sessel. Sie sitzt da immer, wenn sie wach ist. Ich bin doch nicht verrückt.«

Seine Stimme ist voller Verzweiflung. Er ist sich sicher, dass er seine Mutter getötet hat, aber es spricht nun einmal alles dagegen.

»Herr Baumann, wir haben mit ihrem Nachbarn gesprochen. Er meint, dass Sie schon seit mehreren Jahren nicht mehr bei ihrer Mutter leben.«

»Das stimmt nicht.« Panisch unterbricht er Paula.

»Herr Baumann, bitte lassen Sie mich ausreden.« Paulas Stimme ist sanft. Ich wäre schon viel herrischer geworden. Ich hasse es, wenn mich jemand unterbricht.

»Ihr Nachbar hat uns erzählt, dass ihre Mutter Sie bevormundete. Sie durften nicht einmal zur Schule.«

»Doch hin und wieder schon, öfters war auch die Polizei da und hat mich abgeholt. Wegen der Fehlzeiten habe ich vor einigen Monaten aber meinen Abschluss nicht geschafft. Frau Langenhagen meinte immer wieder zu mir: Du hättest es schaffen können, aber du warst zu selten da.«

Ich schaue ihn verwirrt an.

»Herr Baumann, Sie sind sich im Klaren, dass Sie ihre Schule vor zwei Jahren verlassen haben?« Das erste Mal seitdem er im Raum ist, werde ich richtig stutzig. Belügt er uns wirklich komplett?

Er kneift seine Augen zu und überlegt. Es verrinnen die Sekunden, aber ich will sein Nachdenken nicht unterbrechen und so kann man ein Wechselbad der Emotionen auf seinem Gesicht beobachten: Von Unsicherheit bis hin zum festen Glauben an das, was er sagt. Aber dann schüttelt er heftig den Kopf und schaut mich direkt an.

»Nein, Sie irren sich. Wir wurden im Mai entlassen und ich habe es im zweiten Versuch nicht geschafft, zur Prüfung zugelassen zu werden. Ich hatte eine zu hohe Fehlzeitenquote. Wenn Sie wollen…« Er kramt in seiner Jackentasche und holt eine blaue Kinderbörse heraus. Mit zittrigen Händen zieht er einen kleinen Zettel raus. »Hier ist die Nummer meiner Lehrerin. Sie hat gesagt, wenn ich ihre Hilfe brauche, soll ich sie anrufen. Sie wird es Ihnen bestätigen.«

»Herr Baumann, welches Jahr haben wir?« Paulas sanfte Stimme lässt ihn innehalten.

Verwirrt schaut er sie an.

»Wollen Sie mich verarschen?« Das erste Mal höre ich in seiner Stimme so etwas wie Widerstand gegen uns.

»Nein, aber bitte beantworten Sie mir die Frage.« Paula lässt sich nicht von seiner Aggression beirren.

Vielleicht war er ja auch in den letzten Jahren auf einer anderen Schule, um seinen Abschluss zu machen.

Mit zittriger, unsicher klingenden Stimme antwortet er leise: »2015, ich vermute Mai.«

Stille, unheimliche Stille, macht sich im Raum breit.

»Herr Baumann, sind Sie sich sicher?« Ich spreche ihn noch mal direkt an.

Er nickt nur und schaut mich mit leeren Augen an.

Ihm fehlen zwei Jahre. Der Monat stimmt, aber wir haben das Jahr 2017. Wie kann jemand das Jahr vergessen?

»Herr Baumann, wir haben den 6. Mai 2017.« Ich will nicht, dass er länger mutmaßen muss, was wir denken.

»Kann es sein, dass Sie irgendwelche Drogen genommen haben?«

Sofort springt Finn Baumann auf. Der Stuhl, auf dem er gesessen hat, fällt mit einem lauten Knall, bei dem wir uns erschrecken, auf den Boden. Auch Finn Baumann ist über sich selbst erschrocken. Denn sofort bricht seine Wut in sich zusammen

»Entschuldigung.« Er bückt sich und stellt den Stuhl bewusst leise wieder hin. Was für ein Wechsel von aggressiv zu devot und unterwürfig.

»Ich habe noch nie in meinem Leben Drogen genommen und würde das nie machen.«

Seine Stimme hat eine Festigkeit, die mich überzeugt, dass er die Wahrheit sagt. Auch sind seine Augen klar und halten meinem Blick stand. Der Schnelltest, den Robert noch durchgeführt hatte, war auch negativ. Alles bis auf seinen Filmriss spricht dagegen.

»Herr Baumann, hatten Sie dann vielleicht einen Unfall? Sind Sie gestürzt und auf den Kopf gefallen?« Es muss doch eine Erklärung dafür geben, dass ihm die zwei Jahre fehlen.

»Nein, nicht, dass ich wüsste.« Auch er sucht nach einer Lösung.

»Wir würden gerne einen Arzt rufen. Er soll Sie untersuchen. Denn wir haben mehrere Probleme: Ihre Mutter ist nicht da, weder lebendig noch tot. Es gibt auch keine Vermisstenanzeige. Bei Krankenhäusern werden wir jetzt nach unserem Gespräch anrufen und nachfragen. Was wir wissen ist, dass wir eine Wohnung vorgefunden haben, in der wochenlang niemand war. Es gibt einen Fleck auf dem Teppich, der von Blut stammen könnte. Dann haben wir einen Nachbarn angetroffen, der meinte, dass es seit Wochen ruhig in der Wohnung ihrer Mutter war, dass sie nur einmal Besuch hatte. Da wäre es extrem laut gewesen und seitdem ist Ruhe. Sie sind seit etwa zwei Jahren nicht mehr da gewesen und er hätte sie auch in den letzten Tagen nicht gehört oder gesehen.«

Finn Baumann zuckt bei jedem Wort Paulas zusammen. Er ist wieder völlig verängstigt. Selbst ich bekomme langsam Mitleid mit dem jungen Mann. Ich wüsste nicht, was ich machen würde, wenn ich in dieser Lage wäre. Zwei Jahre fehlen, dann wird mir gesagt, da ist keine Leiche. Doch es muss eine logische Antwort auf alles geben und wir werden sie finden.

»Aber das kann doch gar nicht sein. Bitte sagen Sie mir, dass Sie mich verarschen.« Diese Verzweiflung ist nicht gespielt. Ich sehe Paula an, dass sie ihn am liebsten in den Arm nehmen würde, um ihn zu trösten. Gefühlsduselei zwar, aber auch für mich ein wenig nachvollziehbar.

»Ich würde gerne sagen, dass es nicht stimmt, aber schauen Sie mal unsere Kalender an der Wand an. Auch hier am PC. Es ist das Jahr 2017, nicht 2015.« Noch während ich ihm alles hindrehe, bricht er zusammen. Er lässt seinen Kopf auf den Tisch fallen und legt die Hände darüber. Er will nichts mehr mitbekommen von Paula und mir. Abgeschottet von der ganzen Welt, weint er leise vor sich hin. Es ist mir klar, dass wir hier nicht mehr ohne professionelle Hilfe weitermachen dürfen. Finn Baumann braucht psychologische Betreuung. Ich möchte ihn aber auch nicht allein lassen. »Ich muss mal telefonieren«, sage ich ich undhalte mein Handy hoch.

Ohne Worte formt Paula mit ihrem Mund das Wort ›Psychologe‹. Ich nicke nur und sie hebt zur Bestätigung ihren Daumen. Auch wenn sie nichts sagt, spricht ihr Blick Bände. Auch sie will nicht die Verantwortung übernehmen.

Vor der Tür wähle ich die Nummer vom Notdienst des Gerichts. Ohne viele Worte werde ich an den Richter weitergeleitet. Nachdem wir ein kurzes Gespräch geführt haben, stimmt er einer Zwangseinweisung von Finn Baumann zu. Er verspricht mir, das sofort zu veranlassen. Aber da kein Psychologe ein Gutachten erstellt hat, kann er es erst mal nur auf 48 Stunden befristen. Danach muss ihm der Arzt im Krankenhaus einen Bericht und eine Empfehlung schicken. Ich bin froh, dass der Richter ohne Probleme mitmacht. Aber er kennt Paula und mich von anderen Fällen und weiß, dass wir nicht mit der Freiheit von Menschen spielen.

Tief durchatmend gehe ich wieder in den Raum. Finn Baumann sitzt immer noch wie abgeschirmt am Tisch. Nur das Schluchzen ist verstummt. Es ist still, nur das leise Quietschen meiner Sohlen ist zu hören.

Ich berühre vorsichtig Finn Baumann an der Schulter, damit er sich nicht erschrickt. Er scheint nichts von dem zu spüren, was außerhalb seiner kleinen Welt stattfindet.

»Herr Baumann?« Keine Reaktion. Ich versuche es noch einmal lauter: »Herr Baumann...« Wieder nichts.

»Finn, hören Sie mich?« Ein Schütteln geht durch seinen Körper. Er hebt seinen Kopf und schaut mich durch seine nassen Augen an.

Ich bleibe bei seinem Vornamen, denn offensichtlich dringt der zu ihm durch. Auch wenn ich es nicht mag, dass man so sehr auf die persönliche Ebene geht.

»Finn, ich glaube, es ist besser, wenn Sie für einige Zeit in ein Krankenhaus gehen. Wir haben gerade mit einem Richter gesprochen. Er möchte, dass Sie untersucht werden und ein Psychiater herausfindet, wieso Ihnen zwei Jahre fehlen.«

»Bitte…« Finn fällt mir ins Wort, aber bricht sofort ab. Ich sehe ihm an, dass er mich um etwas bitten möchte.

»Was möchten Sie, Finn?« Ich bemühe mich um meine ruhigste und sanfteste Stimme, denn die Angst, die er hat, ist spürbar.

Er schiebt mir den Zettel mit der Telefonnummer seiner ehemaligen Lehrerin hin.

»Können wir Frau Langenhagen anrufen? Ich will nicht alleine ins Krankenhaus gehen.«

Ich möchte im Moment eigentlich keine außenstehenden Personen dazu holen. Aber eine innere Stimme sagt mir, dass dies eine Ausnahme sein sollte. Finn ist kein gewöhnlicher Fall und damit sollten wir auch ungewöhnliche Wege versuchen. Glücklicherweise bewahrheitet sich meine Sorge nicht. Nachdem ich für ihn die

Nummer gewählt habe, geht die Lehrerin nach kurzer Zeit ran. Ich schalte den Lautsprecher ein und reiche den Hörer, ohne etwas zu sagen, an Finn weiter.

»Frau Langenhagen, bitte helfen Sie mir.« Ohne, dass er sich vorgestellt oder sie begrüßt hat, fällt er mit der Tür ins Haus.

»Finn? Finn, bist du das?« Sie hat ihn wohl sofort an der Stimme erkannt.

Leise weinend antwortet er nur mit einem »Ja«. Aber das reicht ihr auch.

»Wo bist du? Ich komme sofort.«

Ich bin erstaunt, dass sie nicht mehr wissen, sondern sofort zur Hilfe eilen will. Aber anstatt zu antworten, weint Finn immer stärker. Nachdem sie zwei Mal die Frage wiederholt hat, nehme ich Finn Baumann den Hörer ab.

»Guten Tag Frau Langenhagen, mein Name ist Martin Phillips von der Polizeiwache Hamburg-Bergedorf. Herr Baumann ist gerade nicht in der Lage, weiter zu reden. Wenn sie vielleicht herkommen könnten, wäre das super.«

Ihre Stimme ist bei mir sofort wieder anders. »Ich bin in dreißig Minuten da. Ich muss nur noch meine Sachen wegräumen und kann dann die Schule verlassen.« Mehr Worte hält sie nicht für nötig, denn sie legt sofort auf.

Dreißig Minuten können zu einer endlos langen Zeit werden, wenn man auf jemanden wartet. Als wir Finn Baumann in der Zeit Trinken und Essen anbieten, verneint er nur. Unentwegt streichelt er den Zettel mit der Nummer der Lehrerin.

Genau dreißig Minuten später geht die Tür auf und Robert steht mit einem leicht genervten Blick vor uns. »Frau Langenhagen für euch. Ich mach aber jetzt Feierabend. Solltet ihr wieder jemanden brauchen, der euch jemanden holt, bringt oder sonst etwas, dann muss jemand anderes ran.«

Wir haben ihm nicht gesagt, dass er Frau Langenhagen nach oben bringen muss. Das hätten wir auch selber gemacht, aber dennoch bin ich ihm sehr dankbar. Doch noch bevor ich ›Danke‹ sagen und einen ruhigen Feierabend wünschen kann, springt Finn Baumann auf und geht schnell auf die Lehrerin zu. Diese breitet nur noch die Arme aus und umarmt ihn. Leise wiegt sie ihn wie ein kleines Kind hin und her, ohne auch nur ein Wort zu sagen. Die Körperhaltung von Finn Baumann zeigt uns, dass er sich immer mehr entspannt. Die Lehrerin tut ihm augenscheinlich gut. Es war also die richtige Entscheidung, noch so lange zu warten. Aus den Augenwinkeln sehe ich, dass die Geldbörse, die Finn die ganze Zeit an sich gedrückt hat, als wäre sie ein Goldschatz, auf den Boden gefallen ist. Damit niemand drauftritt, hebe ich sie auf und lege sie auf meinen

Arbeitsplatz, um sie später Finn Baumann wiederzugeben.

Nach einigen Minuten spreche ich die beiden an.

»Frau Langenhagen…« Keine Reaktion. »Finn, mögen Sie sich hinsetzen?« Aber beide hören mich nicht oder wollen mich nicht hören.

Paula versucht es ein wenig lauter, denn bis wir alle Papiere bearbeitet haben, die dafür notwendig sind, wird einige Zeit vergehen und ich weiß nicht, ob Frau Langenhagen noch viele Fragen stellen wird. Also müssen wir uns ein wenig beeilen.

»Frau Langenhagen und Finn, würden Sie sich bitte hinsetzen?« Endlich reagieren die beiden.

»Entschuldigen Sie bitte, ich habe über zwei Jahre gewartet, dass Finn nach Hilfe ruft. Ich habe mir unendlich Sorgen um ihn gemacht.« Ihr Blick wandert durch unseren Büroraum. »Und ich sehe, ich hatte nicht unrecht. Was ist denn passiert, Finn?« Ihr Blick bleibt bei ihrem ehemaligen Schützling hängen.

»Frau Langenhagen, ich habe meine Mutter getötet. Aber sie ist weg.«

Die Lehrerin zieht ihre Augenbrauen hoch und schaut Finn Baumann entgeistert an.

»Du hast was? Und wie, ›sie ist weg‹?«

Ich schreite ein, denn die Geschichte ist selbst für Polizisten, die viel gesehen und erlebt haben, nicht einfach nachzuvollziehen.

»Frau Langenhagen, das Ganze ist nicht so einfach. Wir sind noch ganz am Anfang der Ermittlungen. Wir wissen nur eins: Herr Baumann wird gleich in ein Krankenhaus gebracht. Er muss untersucht werden, da er eine Amnesie hat und sich nicht mehr an die letzten zwei Jahre erinnert. Wir wissen auch noch nicht, was mit seiner Mutter passiert ist.« Wieso erzähle ich der Lehrerin das alles? Das mache ich doch sonst nicht. Aber sie strömt eine Autorität aus, dass ich mich fast wieder wie ein Schüler fühle und ihr Bericht erstatten muss. Dabei ist sie vielleicht gerade mal 30, höchsten 35 Jahre alt. Ich schätze sie so ein, dass sie Ruhe in jede noch so aufgebrachte Klasse bringen kann.

»Finn, ich werde dich begleiten.« Es scheint ihr nicht mal in den Sinn zu kommen, dass sie uns vielleicht fragen müsste, sondern es ist für sie klar, dass sie mitkommt.

Sie spürt meinen Gedanken, denn an mich gerichtet spricht sie weiter:

»Wenn ich nicht in ihrem Dienstwagen mitfahren darf, dann werde ich mein Auto nehmen. Das können Sie mir ja nicht verbieten.« Wenn ein Blick töten könnte, dann der, den sie mir jetzt zuwirft. Ihre Augen sind eiskalt und sie fixieren mich, als wäre sie ein Jäger, der auf mich schießen wird.

Ihr Auftreten uns gegenüber ist so anders als ihr Aussehen. Sie sieht so schmächtig, jung und freundlich aus. Aber die Frau hat Haare auf den Zähnen. Paula schaut mich amüsiert an. Sie hat einen Heidenspaß daran, wie die Lehrerin mich behandelt. Aber auch Paula soll noch ihr Fett abbekommen.

»Es scheint für Sie amüsant zu sein, wie der arme Junge hier sitzt und verunsichert ist. Sie sollten sich schämen.«

Sofort vergeht Paula der Anflug eines Lächelns.

»Nein, das missverstehen Sie. Wenn Herr Baumann es möchte, dann dürfen Sie ihn gerne ins Krankenhaus begleiten. Aber was Sie wissen müssen: Wir werden nach der Aufnahme und einem Gespräch mit dem diensthabenden Arzt sofort zur Wache zurückkehren. Wenn Sie wollen, können Sie mit ihren Privatwagen ins Krankenhaus fahren. Wir steuern das Bethesda-Krankenhaus in Bergedorf an und dort wird er auf eine der Akutstationen kommen.«

»Das ist mir egal. Ich werde Sie begleiten. Ich weiß, dass Finn mich braucht.«

Ihre Stimme lässt keinen Widerspruch zu. Finn ergreift die Hand der Lehrerin und es sieht so aus, als wäre es auch sein Wunsch. Beide lassen uns spüren, dass man sie nicht mehr trennen kann.

Es ist ein sehr emotionaler Moment, als Finn Baumann erkennt, dass er auf eine geschlossene Station kommt. Ängstlich greift er nach der Hand von Frau Langenhagen. Sanft spricht sie mit ihm und begleitet ihn ins Zimmer. Nachdem sie und die Krankenschwester ihm erklärt haben, dass er jederzeit den Raum, aber nicht die Station verlassen kann, beginnt er, sich ein wenig zu beruhigen. Er glaubte augenscheinlich, dass er in diesem Raum gefangen sei.

»Herr Baumann, wenn Sie so bleiben, wie Sie sind, können Sie vielleicht schon das Abendbrot mit den anderen einnehmen.« Während die junge Schwester das sagt, zeigt sie mit der Hand durch die geschlossene Tür.

Ich verstehe nur zu gut, was Finn fühlt. Auch wenn ich weiß, dass ich diesen Bereich jederzeit verlassen kann, empfinde ich ihn als beängstigend. Kein Spiegel, an der Wand ist nur eine Art Folie, in der man sich spiegeln kann. Die Toilette hat keine Brille und auch keine Bürste. Trinken kann man nur aus einem Plastikbecher, der von einer Schwester immer wieder aufgefüllt wird. In dem Raum liegen weder Zeitungen noch Bücher oder Ähnliches. Wenn er fernsehen will, muss er in ein anderes Zimmer und dort sitzen andere Patienten, die auf mich überängstlich wirken. Einige von ihnen schreien und im Nachbarzimmer ist jemand auf dem Bett fixiert. Hoffentlich wird Finn nicht noch mehr verwirrt. Nachdem wir uns überzeugt haben, dass Finn versorgt ist, wollen wir nur noch weg. Frau Langenhagen möchte noch einige Zeit bei ihm bleiben. Die Schwestern befürworten diesen Wunsch, denn sie sehen auch, dass er sehr verängstigt ist und sich vielleicht schneller in diese Situation einfinden kann, wenn jemand bei ihm ist, dem er vertraut.

Vor der Tür dreht sich Paula noch einmal um: »Frau Langenhagen, könnten Sie morgen zwischen neun und sechzehn Uhr auf die Wache kommen und ein paar Fragen beantworten?«

Die Lehrerin wirft ihr einen eisigen Blick zu.

»Meinen Sie nicht, dass es wichtiger ist, dass ich zu Finn fahre?« Glaubt die Frau vielleicht, wir wollen nicht auch nur das Beste für alle Beteiligten?

Auch Paula kann nur noch mit Mühe ihre schlechte Stimmung unterdrücken.

»Sie können freiwillig kommen oder wir laden Sie vor. Aber das würde nur die Ermittlungen in dem Fall verzögern. Das ist nicht im Sinne ihres Schützlings.« Ihre Stimme ist kalt und hart.

Frau Langenhagen nickt nur noch. Sollte sie morgen nicht erscheinen, dann werden wir sie vorladen.

»Uff.« Zurück im Büro lasse ich mich auf einen Stuhl fallen. Was für ein Tag! Am liebsten würde ich jetzt Feierabend machen. Ein Blick auf die Uhr sagt mir, dass es schon halb sieben ist. Ich bin bereits über zehn Stunden hier. Aber ich will unbedingt noch die neuesten Emails abrufen und schauen, ob sich die Spurensicherung gemeldet hat. Und ich muss versuchen, die offenen Berichte alter Fälle, die ich noch nicht abgearbeitet habe, Herr zu werden. Ein Stöhnen hilft da auch nicht weiter. Beim Wegschieben des Papierstapels, um besser an die Tastatur zu kommen, fällt mir die Kindergeldbörse in die Hand.

»Mist, schau mal. Ich habe doch die Geldbörse von dem Baumann.« Mit diesen Worten wedele ich mit der Börse. Da sie nicht richtig verschlossen ist, fällt ein feinsäuberlich gefalteter Zettel runter.

Es ist untypisch für mich, aber irgendwie habe ich die Hoffnung, dass wir Neues erfahren. Also falte ich den Zettel auseinander.

Ohne ein Wort zu sagen, reiche ich den Zettel an Paula weiter. »Was hältst du davon?«

Ohne sich den Zettel anzuschauen, sagt sie entrüstet zu mir:

»Martin, seit wann schnüffeln wir denn in den Papieren unserer Verdächtigen, ohne dass sie dabei sind?«

»Ach komm, Paula, du musst doch genauso neugierig sein wie ich, wo der Junge die letzten zwei Jahre war und ich sage dir, das da ist interessant.«

Widerwillig, mit spitzen Finger, entfaltet sie den Zettel und liest ihn. Ihre Augen weiten sich von Zeile zu Zeile.

Gemeinschaft der inneren Weisheit

Sie sind unzufrieden mit ihrem Leben?

Sie brauchen mehr Selbstbewusstsein?

Wir helfen Ihnen!

Sprechen Sie gerne den Berater, von dem sie diese Karte erhalten haben, an.

Christian Meyer

Telefonnummer: 040/1234567890

»Bei mir läutet da irgendwas im Hinterkopf.« Nachdenklich kratzt sie sich an der Stirn.

Mir geht es genauso wie ihr. Ich weiß, dass zu dieser Gruppe mal eine Sonderkommission eingerichtet wurde. Aber wieso nur?

Ehe wir noch mehr Zeit vergehen lassen, fahre ich den Computer hoch.

Noch bevor ich die Emails abrufe, gebe ich den Namen der Sekte in die Suchmaschine ein. Über dreihundert Einträge erscheinen. Das wird eine lange Schicht, wenn ich die alle durchgehen will. Es wird kein Weg daran vorbeiführen, wir müssen den Sektenbeauftragten anrufen. Nur da werden wir heute nichts mehr erreichen. Ein Blick in die Emails zeigt mir, dass wir noch keine Nachricht von der Spurensicherung haben.

»Lass uns Feierabend machen. Heute werden wir nichts mehr erreichen. Morgen wird ein voller Tag sein. Ich könnte noch gut ein Bier vertragen.« Ich bin so unbefriedigt von dem Tagesergebnis. Doch es hilft nichts. Alle Geräte ausstellen und ab in den Feierabend, mehr können wir im Moment nicht machen.

7. Kapitel

Finn

Diese Albträume. Mehrmals bin ich in der Nacht deswegen wach geworden. Dabei hat der Arzt gestern gemeint, dass ich nach der Tablette die ganze Nacht in Ruhe schlafen kann. Doch ich bin an die zehnmal schweißgebadet wach geworden.

Ich habe geträumt, ich gehe einen langen Flur entlang, da ist kein Licht. An den Seiten stehen Gegenstände. Ich erkenne nicht welche, bei beinahe jedem Schritt stoße ich mich. Am Ende des Ganges ist eine kleine Lampe, eigentlich ist es eher eine Glühbirne. Sie erleuchtet eine Tür. Aber ich kann nicht hindurchgehen. Sobald ich davorstehe, bekomme ich Angst und Panik und wache auf. Ich traue mich kaum noch, wieder einzuschlafen. Ein Blick aus dem Fenster sagt mir aber auch, dass es nicht mehr Nacht sein kann. Es ist zwar noch nicht taghell, aber auch nicht mehr dunkel.

Dieser Raum ist wirklich nicht sehr gemütlich. Nur mein Bett, ein typisches Krankenhausbett, und ein Nachtschrank stehen dort. Aber immerhin gibt es ein großes Fenster, auch wenn davor Gitterstäbe sind. Die nette Schwester erklärte mir gestern Abend, dass diese nur zu meiner Sicherheit vorhanden sind. Aber wieso zu meiner Sicherheit? Glauben sie etwa, dass ich mich selber umbringe? Bestimmt! Nur alle Menschen um mich herum haben eines nicht verstanden: Ich bin endlich frei! Meine Mutter ist tot und kann mich nicht mehr unterdrücken. Wieso zuckt mein Bein wieder so?

Ach ja, dieser Polizist meinte gestern, mir würden zwei Jahre in der Erinnerung fehlen. Was ist in dieser Zeit passiert? Ich kann doch nicht einfach wie eingefroren irgendwo gewesen sein. Der Arzt hat gestern etwas zu mir gesagt. Irgendwas mit Trauma oder so. Was soll das heißen? Ich habe keine Ahnung. Ob ich den Raum hier verlassen darf? Die Schwester gestern meinte ja, aber ich bin mir da unsicher. Sie sagte zu mir, dass ich mit zum Essen gehen dürfte. Jemand wollte mich dort hinbegleiten, aber ich wollte nicht. Ich möchte mich zwar gerne bewegen, aber am liebsten will ich hier raus. Ich sehe eine Parkanlage, wenn ich aus dem Fenster schaue. Ich habe das Bedürfnis, laufen zu gehen, möchte über Äste springen und mir die frische Luft um die Nase wehen lassen.

Ein Blick an mir herunter lässt mich zurückschrecken. Was habe ich denn an? Ein hellblaues Hemd mit kleinen Karos. Das ist aber noch nicht das Schlimmste. Gut, dass niemand in das Zimmer gekommen ist. Das Hemd ist auf der Rückseite halb offen. Da sind nur so kleine Bänder, die es zusammenhält. Wer hat mir das denn angezogen?

Ach nein, dieses Teil hatte mir ja die Schwester gegeben. Sie meinte, es sei besser, als die ganze Zeit in meinen Straßenklamotten zu sein. Aber wo sind die? Ich möchte mich wieder anziehen. Ich will nicht, dass mich jemand so sieht.

Im Raum sind meine Sachen nicht. Und ich sehe hier keine Schränke, in die man sie hätte hineineinlegen können.

Vorsichtig öffne ich die Tür und schaue hinaus, aber es ist niemand auf dem Flur. Verzweifelt halte ich mit meinen Händen dieses Ding hinter meinem Rücken zusammen. Hoffentlich sieht mich niemand, denn die Unterhose ist das Einzige, was mir auch nur annähernd Schutz bietet.

»Guten Morgen Herr Baumann, Sie sind ja schon früh unterwegs.« Erschrocken blicke ich auf. Von wo ist dieser Mann plötzlich gekommen? Mein Blick fällt auf eine Tür hinter ihm, die ich vorher nicht wahrgenommen habe.

Der Mann, der mir gegenübersteht, sieht fröhlich aus. Na ja, aber der kann ja auch lachen, der hat immerhin eine Hose an, und daran hängt ein Schlüsselbund, vermutlich ist er ein Pfleger.

Mit freundlicher Stimme, denn ich will ja was von ihm und nicht er von mir, sage ich:

»Ich suche meine Kleidung. Ich habe nur dieses Ding hier.«

Mein Blick wandert angewidert an mir herunter.

Milde lächelnd schaut mich der Pfleger an. »Schrecklich diese Dinger, oder? Ich finde, man fühlt sich darin kranker als ohne. Ich werde mal schauen, ob ihre Kleidung vielleicht für die Spurensicherung mitgenommen wurde. Im Schrank liegt sie nicht?«

Welcher Schrank denn? Ich habe doch nur diesen Nachttisch und darin waren keine Schubladen oder Ähnliches.

»Ich habe in meinem Zimmer keinen Schrank gefunden.«

Ein leises Lachen ist die Antwort.

»Das hat die Kollegin bestimmt vergessen, Ihnen zu zeigen.« Mit diesen Worten dreht er sich um und schließt den Raum, der hinter ihm liegt, ab.

»Die Schränke sind so eingerichtet, dass man sich nicht verletzen kann. Sie sind in die Wand eingelassen. Man muss auf einen Punkt drücken, damit sie aufgehen.«

Festen Schrittes geht er vor mir in mein Zimmer. Mit einer Hand deutet er auf eine Wand. Erst beim zweiten Blick fällt mir auf, dass dort ein Punkt ist. Nie wäre ich auf die Idee gekommen, dass sich dahinter ein Schrank verbergen könnte. Als er mir das zeigt, fällt mir wieder ein, dass die Schwester das gestern erwähnte. Ich bin wirklich dumm. Alles vergesse ich. Wo ich zwei Jahre war, vergessen, dass hier ein Schrank ist, vergessen. Kein Wunder also, dass ich hier eingesperrt wurde. Als würde der Pfleger meine Gedanken lesen können, dreht er sich zu mir um.

»Keine Sorge, das ist ganz normal. Sie haben sehr viel Stress in den letzten Tagen gehabt, da vergisst man so etwas. Da sind sie nicht der Erste und sie werden auch nicht der Letzte sein.«

Falls er das sagt, damit ich mich beruhige, dann hat er Erfolg.

Nachdem wir die Tür geöffnet haben, sehe ich darin keine Kleidung.

»Hilfe, ich muss mit diesem Flatterhemd den Rest meines Lebens rumlaufen.« Ein blöder Gedanke, denn das ist immer noch das kleinere Übel meines Lebens, aber ich habe niemanden, der mir Kleidung bringen wird. Ich bin ganz allein auf dieser Welt. Vielleicht nicht ganz, denn Frau Langenhagen meinte, sie käme mich besuchen. Sie wäre eine Person, der ich vertrauen kann. Aber ich kann sie doch so nicht empfangen, halb nackt.

»Herr Baumann, machen Sie sich keine Sorgen. Ich werde etwas aus der Kammer holen. Wir haben immer ein wenig was für den Notfall da. Ich vermute, die Polizei hat Ihre Kleidung für die Spurensicherung gebraucht.«

Der Pfleger schafft es immer wieder, mich ein wenig zu beruhigen. Vielleicht hatte der Polizist nicht unrecht, als er meinte, dass ich ein wenig Ruhe und Abgeschiedenheit brauche. Ich bin mir nur so unsicher. Warum sind alle so freundlich zu mir? Ich bin ein Mörder, geht man nicht anders mit solchen Menschen um?

Der Pfleger wartet meine Antwort nicht ab und verschwindet für einige Minuten. Mit einem ganzen Stapel von Pullis, T-Shirts, Hosen und auch frischer Unterwäsche kommt er zurück.

»Ich hole Ihnen gleich noch ein Handtuch, Waschlappen und Seife. Dann können Sie duschen gehen, wenn Sie möchten. Danach fühlen Sie sich bestimmt wieder wie ein Mensch.«

Wie kann dieser Mann nur so viel Freundlichkeit in seiner Stimme haben? Hat er keine Angst vor mir? Ich schüttele die negativen Gedanken ab und freue mich einfach über die Hilfe des Pflegers.

»Danke, Herr…« Mir ist aufgefallen, dass ich nicht einmal weiß, wie er heißt.

»Brandt. Mein Name ist Brandt. Es werden noch einige Namen auf Sie zukommen, also machen Sie sich keine Gedanken, wenn Sie sich nicht alle merken können.«

8. Kapitel

Martin

Gestern Abend waren wir noch lange in der Kneipe. Kai, Paulas Mann, ist zu uns gestoßen. Keiner, der ihn nicht genauer kennt, glaubt, dass er Anwalt ist. Sein Humor reißt alle vom Stuhl. Immer einen flotten und witzigen Spruch auf der Zunge. Paula und er passen so wunderbar zusammen. Kai ist groß und kräftig, sie klein und zart. Beide haben die gleiche Art von Humor. Leider habe ich mich dazu überreden lassen, ein Bier zu trinken. Ich trinke sonst nie Bier und bin danach sofort auf Saft umgestiegen, auch wenn Paula mich damit gern aufzieht. Da wir aber in einer Raucherkneipe waren, brummt mir heute der Kopf. Getreu dem Motto: ›Wer lange in einer Kneipe ist, kann auch früh arbeiten‹, bin ich dennoch Punkt sieben wieder pünktlich in der Wache.

Da gerade Schichtwechsel ist, herrscht im Dienstraum eine mörderische Lautstärke. Mein Kopf wird gleich platzen, da bin ich sicher. Also gehe ich schnell ans Mitteilungsfach und eile dann nach oben. Auch wenn mit Sicherheit noch nichts von der Spurensicherung da ist, hoffe ich, den Sektenbeauftragten zu erreichen.

»Martin, komm mal bitte in mein Zimmer.« Karsten schreit einmal durch den ganzen Dienstraum. In meinem Kopf fühlt es sich an, als würde einer mit einem

Schlachtermesser einmal hineinstechen und dieses langsam hin und her drehen.

Aber es bleibt mir nichts anderes übrig, als Karsten in sein Büro zu folgen.

»Mach die Tür bitte zu, die draußen scheinen ja eine Party zu feiern.«

Oh, ist es so ernst? Normalerweise macht Karsten nie seine Tür zu. Wir haben doch keinen Formfehler bei Finn Baumann begangen? Ich kann mich nicht erinnern. Es waren ja nur die Befragungen und die von uns gestern veranlasste Einweisung haben wir von einem Richter absegnen lassen.

»Heute Morgen habe ich in die Akte von Finn Baumann geschaut. Leider hat sich anscheinend mein Bauchgefühl nicht getäuscht und es droht, ein längerer Fall zu werden. Meine Sorge ist, dass ihr es zu zweit nicht schaffen werdet. Die Mutter ist ja auch noch nicht gefunden.«

Karsten hat wie immer einen wachen Verstand. Nach außen sieht es immer so aus, als würde er kaum etwas tun, aber wenn man ihn länger kennt, weiß man, dass er alles genau im Blick hat.

Noch bevor ich antworten kann, spricht er weiter.

»Ich habe hier eine Praktikantin. Sie studiert Psychologie mit dem Schwerpunkt Forensik und ich glaube, sie passt gut zu euch.«

Innerlich stöhne ich auf. Eine Praktikantin! Er weiß doch genau, dass ich mit Frischlingen nicht so gut klarkomme. Aber mir ist klar: Ich werde ihn nicht überzeugen können, uns die Praktikantin zu ersparen, wenn er es sich in den Kopf gesetzt hat.

»Martin, ich weiß, dass du kein Fan von Praktikanten bist. Teste sie einige Tage. Ich finde, Aurelia ist wirklich fähig. Sie kann euch zumindest den Rücken freihalten, was das Administrative betrifft. Sie ist in der Theorie auch schon sehr fit. Wenn es also um Beurteilungen geht, wird sie euch einiges abnehmen können und gerade in der Einschätzung der Amnesie kann sie eine gute Hilfe sein.«

Mir bleibt nichts anderes übrig, als mein Okay zu geben. Etwas anderes würde er nicht akzeptieren.

»Sie ist gegen neun Uhr da und bitte benimm dich. Sie ist eine gute Freundin der Familie.« Als würde ich jemals was anderes machen. Ich frage mich, wieso er das so betont.

Oben im Büro sitzt schon Paula. Sie sieht so frisch aus. Ich beneide sie darum. Sie wird noch weniger Schlaf gefunden haben als ich und dennoch wirkt sie fit.

»Na, bist du auch schon da?« In ihrer Stimme schwingt ein Lachen mit. Wir haben heute so viele Dinge zu erledigen, dass wir nicht wie sonst erst gegen neun beginnen, sondern schon deutlich früher.

»Ja, und ich bringe sogar gleich eine Nachricht von Karsten mit.« Ich knurre im Spaß.

»Oh je, so schlimm?« Sie schaut mich mit zusammengezogenen Augenbrauen an.

»Er hat eine Praktikantin für uns.« Im Gegensatz zu mir arbeitet Paula gerne mit Praktikanten. Sie findet, die sind immer so motiviert und dabei noch formbar.

»Das ist doch super. Wir haben so viel zu tun. Wir müssen immer noch die Mutter finden. Dann ist da auch noch diese Sekte, die wir überprüfen wollen. Wir müssen auch noch rausbekommen, wo Finn in den letzten zwei Jahren war. Es ist alles noch so undurchschaubar.«

Ich kann ihre Freude nicht teilen. Wenn wir Pech haben, ist die Praktikantin unselbstständig und muss immer wieder alles dreimal erklärt bekommen. Ich hatte noch nie eine, die einigermaßen hilfreich war.

Aber ok, es ist so, wie es ist.

»Wir haben übrigens noch eine Nachricht von der Spurensicherung erhalten«, sagt Paula.

Sofort schießt mein Kopf in die Höhe. Ah, diese ruckartige Bewegung war nicht so gut. Paula, die sieht, welche Schmerzen ich habe, wirft mir eine Packung Kopfschmerztabletten rüber.

»Mann, wir müssen eine andere Kneipe für unsere Abende suchen. Das ist ja ein Trauerspiel mit dir.«

Wie gerne würde ich irgendetwas kontern, aber diese Schmerzen nehmen mir den Humor.

»Rede weiter, und danke dafür.«

Ich deute auf die Packung. Hoffentlich wirken sie schnell.

»Ja, also der Fleck ist auf jeden Fall Blut. Aber er ist schon so lange dort, dass sie vermutlich keine Blutgruppenbestimmung mehr machen können, werden es aber versuchen.«

Na toll. Das heißt, die ganze Geschichte kann schon viel früher geschehen sein. Keine Leiche, Blut, bei dem wir keine Analyse mehr durchführen können. Dazu ein Mörder, der sich an nichts außer an den Mordvorgang erinnern kann, das aber wohl auch nicht richtig, denn sein Mordwerkzeug ist dafür ungeeignet. Es kann kaum schlimmer werden.

Genau in dem Moment, als ich das denke, klopft es leise an unserer Tür. Auf unser ›Herein‹ geht die Tür auf. Eine junge Frau mit wallenden, blonden Haaren steht in der Tür. Sie ist so zart, dass sie vermutlich jeder Windhauch umhauen könnte. Sehr enge Kleidung betont ihre Figur.

»Guten Morgen, mein Name ist Aurelia. Ich soll heute hier bei Ihnen als Praktikantin beginnen.« Ihre Stimme ist ganz der Gegensatz zu ihr, sie klingt tief, selbstbewusst und kräftig.

Ich vermute, dass wir in der nächsten Zeit häufiger Besuch von den Kollegen erhalten werden, vor allem von den männlichen. Das hebt meine Stimmung nicht gerade.

Glücklicherweise ist Paula höflicher als ich.

»Komm doch rein. Ich bin Paula und der griesgrämige Herr mit Kopfschmerzen, das ist Martin.« Ich bemühe mich krampfhaft um ein Lächeln.

Mit einer Hand zeigt Paula auf einen Stuhl am Ende unseres Schreibtisches.

»Entschuldigung, wir haben hier nur noch diese Sitzplätze. Wir sind sonst immer nur zu zweit. Wir werden dir nachher noch einen Laptop besorgen, damit du auch Recherche betreiben kannst.«

Meine Hoffnung ist, dass Karsten Aurelia einen anderen Raum zuweist. Dann hätten wir hin und wieder Ruhe und könnten entspannt allein arbeiten. Aber meine Hoffnung wird schnell zerschlagen. Sie kramt in ihrer Tasche.

»Karsten hat mir eben schon einen mit hochgegeben. Er meinte, ich soll lieber gleich mit einem Laptop hochkommen, denn ihr hättet einen sehr engen Zeitplan.«

Na super, er kennt mich doch besser, als es mir lieb ist. Mit Sicherheit hat er die Vermutung gehabt, dass ich versuchen würde, sie wo anders hinzusetzen.

»Ich brauche einen Kaffee.« Mit diesen Worten stehe ich auf und will den Raum verlassen, denn ich hasse es, so überfahren zu werden. Natürlich hat Karsten das Recht, uns jederzeit eine Praktikantin zuzuweisen. Nur hoffe ich, dass sie nicht mehr Unruhe als Hilfe ins Team bringt.

»Kannst du mir vielleicht einen Kaffee mitbringen? Dann könnte mich Paula inzwischen auf den neuesten Stand bringen und danach werde ich auch nicht weiter stören.«

Aurelia hat sofort bemerkt, dass ich von der ganzen Situation genervt bin. Normalerweise würde ich es als unangebracht empfinden, wenn ein Praktikant mich bittet, ihm Kaffee mitzubringen, aber sie hat recht. Je schneller sie auf unserem Wissensstand ist, weiß, was wir wissen, desto eher hat sie überhaupt die Chance, ihre Arbeit aufzunehmen.

»Wie trinkst du ihn?«

»Schwarz wie meine Seele.«

Ich weiß noch nicht wieso, aber ich habe das Gefühl, dass diese Aussage sogar zutreffen könnte. Bei meiner Rückkehr, die ich absichtlich ein wenig hinausgezögert habe, sehe ich, dass Aurelia schon fleißig schreibt.

»Aurelia beginnt mit der Recherche zu der Sekte. Ich habe noch mal eine Benachrichtigung an die Zentrale der Krankenhäuser gesendet und angefragt, ob Martha Baumann dort liegt.«

In dem Moment klingelt das Telefon. Ich bin dankbar, dass ich auch etwas zu tun bekomme.

Es ist die Lehrerin.

»Ich werde um vierzehn Uhr bei Ihnen auf der Wache sein. Sie müssen mir also keine Vorladung senden. Ich kann Ihnen aber nicht mehr als eine halbe Stunde meiner Zeit geben, da ich danach ins Krankenhaus fahren werde.«

Sie kann es nicht lassen und muss immer die Oberhand behalten. Aber so leicht gebe ich mich nicht geschlagen.

»Ich hoffe, wir werden in der Zeit fertig sein, Frau Langenhagen.«

Bewusst betone ich diesen Satz, denn ich bin es nicht gewohnt, dass jemand so mit mir redet. Meine Antipathie für diese Frau wird immer größer. Schnell beende ich das Gespräch.

»Die Dame wird noch deine besondere Freundin, oder?« Paula kann sich ein Lachen kaum noch verkneifen. Aurelia schaut mich verwirrt an. Das versuche ich zu ignorieren.

»Ja, aber ich lasse mir von ihr doch nicht sagen, wie lange ein Gespräch dauert. Kommt doch auch auf sie selbst an.«

Ich wende mich wieder dem Computer zu. Wenigstens macht der, was ich will und nicht, was er will.

Nachdem wir drei Stunden still unsere Arbeit getan haben, merke ich, wie sehr mir mein Rücken vom ständigen Sitzen vor dem PC schmerzt. Aurelia ist vertieft in ihre Aufgabe, aber auch sie muss ziemliche Schmerzen haben. Im Gegensatz zu uns hat sie nicht einmal einen Bürostuhl, sondern nur einen einfachen Besucherschwingstuhl. Ich entwickele so etwas wie Mitgefühl ihr.

»Aurelia, ich gehe mal nachsehen, ob wir einen Stuhl für dich finden, auf dem du bequemer sitzen kannst.«

Ihr Blick ist so, als hätte ich sie aus weiter Ferne abgeholt.

»Stuhl?«

Verwirrt blickt sie mich an.

»Ja, so einen wie Paula und ich haben. Du kannst doch da nicht bequem sitzen.«

Ihr Gesicht leuchtet auf. »Ach nein, das ist gar kein Problem. Normalerweise sitze ich sogar auf dem Fußboden und arbeite von dort aus.« Als sie mich und meinen skeptischen Blick sieht, muss sie lachen. Es steht ihr ausgezeichnet, wenn sie lacht. Ihre Augen leuchten und es bilden sich kleine Falten um die Lippen.

»Keine Sorge, ich kann auch am Tisch sitzen und dort arbeiten.«

»Wenn du es dir anders überlegst, sag Bescheid. Es dürfte kein Problem sein, einen Stuhl zu besorgen. Wer möchte gerne einen Kaffee haben?«

Ich muss mich bewegen, da ist doch Kaffeeholen eine super Möglichkeit, dies mit etwas Sinnvollem zu verbinden.

Paula erhebt sich leise stöhnend von ihrem Stuhl. Ein leises Knacken ist zu hören, als sie ihren Rücken durchdrückt.

»Ich komme mit. Aurelia, hat man dir schon gezeigt, wo hier Kaffee und so was zu finden ist?«

Aurelia konzentriert sich bereits wieder auf ihren Bildschirm und bekommt nicht mit, dass wir mit ihr reden.

»Aurelia.« Paula spricht sie noch einmal lauter an.

Ein Zucken geht durch Aurelias Körper.

»Entschuldigung, es ist sehr interessant, was ich über diese Sekte lese.«

Es macht mich neugierig, was sie gefunden hat, aber ich brauche erst einmal einen Kaffee.

»Paula hat gefragt, ob du schon weißt, wo du Kaffee und Getränke bekommst?«

»Nein, noch nicht.«

»Na dann, hopp, hoch. Wir zeigen dir erst einmal die wichtigsten Orte. Wir sind irgendwie nicht gerade sehr freundlich zu dir gewesen.« Voller Elan treibt Paula Aurelia an, mit uns zu kommen.

Ihr Blick haftet sehnsüchtig an dem Bildschirm, aber dann rafft sie sich doch auf und folgt uns.

Die Bewegung tut uns allen gut. Und mit einer Tasse Kaffee wird es sich besser schreiben und arbeiten lassen.

Beim Rundgang durch das Haus folgen uns viele Blicke. Aurelia ist zwar klein und zierlich, kleiner als Paula, aber genau das ist es wohl, was viele Männerblicke anzieht. Von allen Seiten wird ihr Hilfe angeboten. Bei allen könne sie sich melden, wenn sie Probleme hat. Einige gehen sogar so weit, sie nach einem Date zu fragen. Das Verhalten der Kollegen ist sehr ungewöhnlich und ich schäme mich ein wenig deswegen.

Aurelia aber ist es wohl gewohnt, denn bis auf ein Lächeln erwidert sie nichts auf die Angebote der Kollegen.

Nach einer guten halben Stunde sind wir wieder in unserem Raum und ich würde mich am liebsten bei Aurelia für unsere Kollegen entschuldigen. Aber sie übergeht einfach das Erlebte.

»Wie arbeitet ihr eigentlich? Ich habe ja schon einiges zusammengetragen? Besprecht ihr das immer erst dann, wenn es akut ist oder zwischendurch?«

Ein wenig forsch, die junge Dame, hoffentlich bleibt sie aber wenigstens so motiviert.

»Wir besprechen uns mehrmals am Tag, und tragen dann unsere Erkenntnisse zusammen. Klar, wenn ein

Bericht von der Spurensicherung reinkommt, dann sofort.«

Ein Blick auf meine Uhr sagt mir, dass jetzt ein guter Zeitpunkt für einen Zwischenbericht wäre, denn es ist bald Mittag.

»Jetzt wäre zum Beispiel ein guter Zeitpunkt.«

Paula beginnt sofort mit ihrem Bericht.

»Also Martha Baumann ist in keinem Krankenhaus, in keiner Notunterkunft und auch in keinem Leichenschauhaus registriert. Es ist schon fast so, als sei sie vom Erdboden verschwunden.« Sie schaut verzweifelt in die Runde.

»Gibt es derzeit Unbekannte in der Rechtsmedizin?« Aurelia ist sofort mittendrin. Ist sie doch ein Gewinn für uns?

Aber sie wirkt unsicher, denn noch bevor Paula oder ich ihr antworten können, beginnt sie, sich zu entschuldigen.

»Sorry, ich komme direkt von der Uni. Dort ist man das Arbeiten, wie ihr das seit Jahren macht, nicht gewohnt und wenn wir sogenannte Fallbeispiele durcharbeiten, ist es mir oft passiert, dass meine Kommilitonen immer das Offensichtliche vergessen und viel zu kompliziert um hundert Ecken gedacht haben. Versprochen, ich arbeite an mir.«

Paula lächelt sie freundlich und aufmunternd an. »Alles gut, ich bin froh, wenn wir jemanden haben, der auch mitdenkt. Es kann immer wieder passieren, dass wir etwas vergessen.«

Ich nicke ihr zu.

»Das mit der Rechtsmedizin habe ich abgeklärt, es gibt zwar eine unbekannte Leiche, aber diese ist männlich. Auch in unserem Intranet habe ich nichts dazu gefunden.«

Ich kann ein Knurren nicht unterdrücken, doch Paula geht schnell weiter.

»Aurelia, was hast du denn zu dieser Sekte herausgefunden?«

Sofort kramt Aurelia in ihren unzähligen Notizzettelchen, die sie auf dem Tisch ausgebreitet hat.

»Es ist eine religiöse Sekte; autoritär und wird von einem US-amerikanischen Bürger geleitet. Marc McKenzie ist sein Name. Er sieht sich als alleiniger, spiritueller Führer.« Sie hat offenbar ihre Arbeit sehr genau gemacht. Ich setze mich gemütlich auf meinen Stuhl, denn ich vermute, dass der Vortrag von Aurelia länger dauern wird.

»Sie sprechen hauptsächlich junge Menschen an. Einige Zeit lang haben sie an Arbeitsagenturen für unter 25-jährige sogenanntes Phishing betrieben.«

Phishing? Wieso gerade bei Arbeitsagenturen? Sind die jungen Menschen eher formbar als ältere?

»Sie haben Menschen angesprochen, die häufig keine Schulabschlüsse hatten, die gerade schlecht von ihren Arbeitsberatern behandelt wurden, sprich alle, die gerade down waren.«

Ja, das leuchtet mir ein. Damit sind die natürlich offen für Schmeicheleien.

»Aber was genau stellt diese Sekte dar? Was macht sie mit ihren Mitgliedern?«

Paulas Stimme hat wieder einen leicht genervten Unterton. Ich kann es verstehen, denn wir wollen weiterkommen. Ein Blick auf die Uhr sagt mir, dass Frau Langenhagen in der nächsten halben Stunde kommen wird. Bis dahin sollte unsere Befragungsstrategie stehen. Aber Aurelia lässt sich nicht aus der Ruhe bringen.

»Dazu kann ich noch nicht viel sagen. Die Sekte ist nur durch das Phishing aufgefallen. Ansonsten weiß man nur, dass sie ihre Zentrale hier in Hamburg hat. Dort soll wohl auch der innere Zirkel der Gemeinschaft leben. Der Altersdurchschnitt wird auf zweiundzwanzig Jahre geschätzt.«

Das ist wirklich sehr jung. Auf Geld kann die Sekte also nicht aus sein. Was ist dann ihr Ziel?

Als hätte sie meine Gedanken gelesen, redet Aurelia weiter. »Es wird vermutet, dass auch junge, also wirklich sehr junge Mitglieder in der Sekte sind. Hier geht es um den Verdacht der Pädophilie. Aber bis jetzt hat man keine genauen Anhaltspunkte gefunden. Deswegen wurden alle Überwachungen der Sekte inzwischen eingestellt.«

So wenig konkrete Informationen, aber diejenigen, die wir finden, will ich gar nicht hören. Ich kann mit Mord gut umgehen und mit Raubüberfällen, aber wenn es um Kinder geht, dann bin ich extrem sensibel. Bei Verbrechen an Kindern bin ich hart und muss mich zurückhalten, damit ich mich nicht vergesse.

Paula streckt sich und schaut genervt in die Runde.

»Das heißt, wir müssen uns dort mal umsehen. Ich denke, wir sollten das nach dem Gespräch mit Frau Langenhagen angehen.«

Uns bleibt nichts anderes übrig, auch wenn ich ein wenig gehofft hatte, heute einen kurzen Arbeitstag zu haben, da sich meine Kopfschmerzen wieder bemerkbar machen. Also nehme ich wohl oder übel noch eine Tablette.

Paula ist dagegen in ganz anderer Stimmung.

»He, ich habe uns Kuchen mitgebracht. Lass uns einen Kaffee trinken und ein Stück essen.« An Aurelia gewandt redet sie fröhlich weiter. »Ich denke, das wird auch für dich reichen. Wenn du also möchtest, dann kannst du auch gern ein Stück haben.«

Aurelia lächelt Paula freundlich an. Ihre Stimme ist honigsüß und es schwingt für mich ein nicht definierbarer Unterton mit.

»Gerne, Paula. Ich backe selber auch sehr gern. Wenn ihr wollt, bringe ich morgen einen Kuchen mit.«

Grinsend verlässt Paula den Raum, um Kaffee und Besteck zu holen.

»Ich gehe mal Paula helfen. Willst du noch einen Kaffee?« Mit einem Ruck stehe ich auf und schiebe meinen Stuhl kraftvoll nach hinten. Ich brauche Bewegung.

»Oh, ich komme mit.« Ihre Augen schauen mich groß an. Flirtet sie etwa? Wenn ja, dann muss sie dringend noch üben.

Vor der Tür steht Frau Langenhagen. Ein Blick auf meine Uhr sagt mir, dass sie zu früh dran ist.

»Herr Phillips, Sie müssen gar nicht erst weglaufen. Ich habe nicht viel Zeit. Wenn ich hier fertig bin, muss ich ins Krankenhaus. Finn braucht mich eher als Sie.«

So wie sie es sagt, habe ich eher das Gefühl, sie will mit mir in den Boxring steigen und nicht mit mir sprechen. Hinter mir höre ich Aurelia glucksen. Wie schön, dass die Jugend wenigstens noch ihren Humor besitzt.

Bevor ich mich umdrehe, bemühe ich mich um ein Lächeln. Es fällt mir schwer und mein Kopf pocht immer mehr.

»Frau Langenhagen, schön, Sie zu sehen. Ich wollte gerade Kaffee holen. Es passt also, dass Sie gerade da sind. Möchten Sie vielleicht auch einen?«

Innerlich hoffe ich, dass sie Nein sagt, aber sie tut mir nicht den Gefallen.

»Ja, heute könnte ich wirklich einen gebrauchen. Der Tag war doch sehr anstrengend.«

Oha, die Frau kann ja auch normal mit mir reden.

»Na dann kommen Sie einfach mit. Wenn wir hier etwas haben, dann ist es Kaffee und ich finde, mit Kaffee kann man gleich viel mehr schaffen.«

Sie sieht wirklich müde aus und scheint sich über einen Kaffee zu freuen.

Als sie die Tasse entgegennimmt, atmet sie den Geruch des Kaffees tief ein.

Ein leichtes Lächeln umspielt ihre Lippen. Wow, das macht die Frau sofort um Jahre jünger und ich kann nichts anderes sagen: Sie sieht in diesem Moment richtig sympathisch aus.

»Danke, der riecht super.«

Was ein Kaffee alles bewirken kann. Wir gehen in stiller Eintracht nebeneinander zu unserem Büro. Paula und Aurelia haben den Kuchen, den wir essen wollten, wieder in den Kühlschrank gestellt.

»Hier, setzen Sie sich bitte, Frau Langenhagen.« Ich zeige auf den leeren Stuhl.

Dankbar setzt sie sich und nimmt einen tiefen Schluck aus ihrer Tasse.

»Frau Langenhagen, wir haben eine Praktikantin an unserer Seite. Ist es für Sie in Ordnung, wenn Frau von der Heyden bei dem Gespräch dabei ist?« Ich möchte nicht, dass die friedliche Stimmung, die gerade zwischen Frau Langenhagen und mir herrscht, in Gefahr gerät, also frage ich sie lieber nach ihrer Zustimmung.

»Natürlich, aber wir sollten wirklich anfangen. Wir beginnen mit den Prüfungsvorbereitungen. Mein Zeitplan ist sehr eng und ich hatte Finn versprochen, dass ich für ihn da bin, wenn er Hilfe braucht. Dieses Versprechen will ich einhalten.«

Verständlich. Auch ich möchte schnell vorwärtskommen.

Paula übernimmt das Gespräch. Ich bin ihr dafür sehr dankbar, denn mein Kopf dröhnt immer mehr und ich hoffe, dem Gespräch überhaupt folgen zu können.

»Frau Langenhagen, können Sie uns ein wenig über Finn Baumann erzählen, vielleicht auch speziell über das Verhältnis zu seiner Mutter?«

»Oje, wo soll ich da nur beginnen?« Eine Sorgenfalte macht sich auf ihrer Stirn breit. »Nun gut, Finn Baumann ist ein sehr intelligenter Mensch. Wenn er nicht so eine hohe Fehlzeit gehabt hätte, wäre der Schulabschluss für ihn kein Problem gewesen. Eine schnelle

Auffassungsgabe, sehr konzentriert und fokussiert. Er wäre der optimale Kandidat für die Oberstufe gewesen.« Sie atmet tief ein und aus und überlegt, was sie noch sagen kann.

Paula versucht, ihr zu helfen. »Sie sagen, er hätte eine hohe Fehlzeit gehabt. Wissen Sie warum?«

»Meine Kollegen waren immer der Ansicht, dass er bestimmt nachts lange vor dem Computer gesessen haben muss, denn er war ein wirkliches Genie am PC.«

Seltsam, ich erinnere mich an keinen PC oder Laptop in der Wohnung.

»Ich vermute aber eher, es lag an seiner Mutter.« Frau Langenhagen fixiert mich. Es sieht so aus, als würde sie mir sagen wollen: ›Wehe, Sie denken das gleiche wie meine Kollegen‹.

»Seine Mutter war Alkoholikerin. In der Klasse zehn, kurz vor Finns Prüfungen für den Realschulabschluss, wurde sie im Krankenhaus operiert. Es war eine schlimme Zeit für Finn. Er musste zeitweise morgens schon früh zu ihr und sie hat ihn dann festgehalten, obwohl er zur Schule hätte gehen müssen. Erst nachmittags oder abends konnte er das Krankenhaus verlassen.«

Ihre Faust knallt laut auf den Tisch. Ich muss meine Augen schließen, so schlimm ist der stechende Schmerz, der durch meinen Kopf zieht.

»Oh, Entschuldigung. Wenn ich daran denke, werde ich wieder sauer. Leider haben meine Kollegen und ich damals geschlafen. Wir hätten ihn mit der Polizei abholen lassen sollen, um ihn zur Schule zu bringen, genau wie wir das in den Jahren zuvor gemacht hatten. Aber irgendwie … – ach Menno.«

Sie stockt und man kann ihr ansehen, dass sie sich Vorwürfe macht.

»Frau Langenhagen, ich bin mir sicher, dass wir Herrn Baumann nicht helfen, wenn wir uns wegen der Vergangenheit Vorwürfe machen«, sage ich.

Ich weiß nicht wieso, ich bin eigentlich nicht der Typ, der anderen die Sorgen abnehmen will, aber diese Situation, nein, der ganze Fall, ist so verstrickt, dass ich mich anders verhalte als üblich.

Glücklicherweise schaltet sich Paula wieder ein.

»Frau Langenhagen, sagt Ihnen die Gemeinschaft der inneren Weisheit etwas?«

Frau Langenhagens Gesicht verändert sich wieder. Es bildet sich eine steile Falte auf ihrer Stirn.

»Wir fragen Sie nur aus einem Grund: Finn Baumann hatte nur zwei Zettel in seiner Geldbörse. Einen mit ihrer Nummer und einen Flyer dieser Gruppe.«

»Ich glaube nicht. Also damals war Finn definitiv nicht in so einer Gruppierung. »

»Aber Sie kennen sie?« Ich bin neugierig, denn woher weiß sie sonst, dass es eine Sekte ist?

»Nein. Also, ja.«

Was will sie uns denn nun sagen? Entweder man kennt etwas oder man kennt es nicht.

Als würde sie meine Ungeduld merken, spricht sie weiter.

»Also nein, ich kenne diese Organisation nicht persönlich. Aber ich weiß, als ich damals vor vielen Jahrhunderten mal …« Sie muss über ihren eigenen Scherz ein wenig lachen, verstummt aber sofort, als sie merkt, dass wir es nicht so lustig finden.

»Nun ja, als ich mein Referendariat gemacht habe, wurde über diese Organisation in der Schule diskutiert. Aber ich weiß leider nicht mehr, wieso genau. Es war irgendetwas wegen Nachhilfe oder so. Aber wenn Sie wollen, werde ich nachher den Direktor unserer Schule fragen. Er war damals in dem Ausschuss, der sich um diesen Fall kümmerte.«

»Kann es sein, dass Finn Baumann in Kontakt mit der Sekte gekommen ist?«

Nun vergesse ich sogar meine Schmerzen. Kommen wir der Lösung des Ganzen näher?

»Nein, seine Mutter hätte ihn niemals, und ich meine wirklich niemals, Nachhilfe nehmen lassen. Davon mal abgesehen, dass er es eigentlich nicht brauchte. Wenn er mal da war, hat er den Stoff in kürzester Zeit aufgeholt. Er hätte bestimmt auch die Prüfung geschafft, nur waren seine Fehlzeiten einfach so viel, dass er nicht zugelassen werden konnte.« Sie unterbricht sich selber kurz.

»Aber wissen Sie was? Wir hatten letztes Jahr Klassentreffen. Da der ehemalige Klassenlehrer von Finn Baumann an einem Herzinfarkt gestorben ist, war ich da. Ich habe es nicht ernstgenommen, deswegen fällt es mir jetzt erst wieder ein. Entschuldigen Sie.«

»Bitte, Frau Langenhagen, Sie müssen sich für nichts entschuldigen. Sie helfen uns, Finn Baumann und vielleicht auch die Tat besser zu verstehen.«

»Ich möchte Ihnen sagen, ich glaube nicht, dass Finn Baumann wirklich seine Mutter getötet hat.« Sie schaut mir fest in die Augen. Sofort fühle ich mich wieder wie ein Schuljunge. Ich vermute, dass sie ihre Klasse im Griff hat. Mich auf jeden Fall. Paula bleibt offensichtlich unbeeindruckt von der ganzen Geschichte.

»Woran machen Sie das fest?«

»Wissen Sie, wenn es einen Anpfiff in der Schule gab, dann war er immer ruhig und unterwürfig. Ich kann mir gar nicht vorstellen, dass er das gemacht haben soll. Über seine Mutter hat er immer nur voller Liebe gesprochen. Ich habe nie verstanden, wieso, aber er war wirklich immer voller Zuneigung zu ihr.«

»Für mich kein Grund, dass er sie nicht doch umgebracht haben könnte.« Ich habe mich endlich wieder gefangen.

Sofort dreht sich die Lehrerin wieder zu mir. Ich fühle mich wie eine Dartscheibe, auf die sie mit ihrem Blick die Pfeile wirft.

»Sie haben ihn ja auch nicht fünf Jahre lang begleitet und mit ihm vieles durchgemacht. Keine Gespräche mit ihm und seiner Mutter geführt.«

»Wenn Sie nicht die Klassenlehrerin waren, wieso haben Sie das denn dann gemacht?«

Ich lasse mich dieses Mal nicht unterbuttern.

»Weil ich seine Beratungslehrerin war und es sonst auch niemand gemacht hat. Zu viele Jugendliche gehen in unserem System unter.«

Ich glaube ihr jedes einzelne Wort. Sie scheint ihren Beruf zu lieben. Aber vielleicht macht sie sich auch zu viele Selbstvorwürfe wegen Finn Baumann. Damit ist sie nicht mehr objektiv genug.

»Ok, aber was haben Sie beim Klassentreffen nicht ernst genommen?«, versucht Paula, das Gespräch wieder in andere Gewässer zu bringen.

Ein leichter Ruck geht durch den Körper der Lehrerin.

»Nun ja, also ein ehemaliger Mitschüler von Finn kam damals zu mir und meinte, dass er Finn gesehen hätte. In der Mönckebergstraße an einem Infostand. Ich hatte mir damals nicht so viel dabei gedacht. Vielleicht bei einer Partei, denn Finn war immer sehr politikbegeistert.

Aber Niclas meinte, dass Finn so seltsam gekleidet gewesen sei. Ein langes Oberteil und darunter eine Hose, beides in Leinen.«

Ein Rascheln von Aurelias Platz lässt mich verwirrt hochblicken. Sie schiebt Frau Langenhagen einen Zettel hin.

»Wissen Sie vielleicht, ob Niclas das so gemeint haben könnte?« Auf dem Bild ist ein Sektenmitglied abgebildet, das ein Kleidungsstück trägt, welches typisch für arabische Länder ist.

»Das weiß ich nicht. Wie gesagt, ich habe das damals auch nicht so ernst genommen. Aber ich schreibe Ihnen gerne den Namen des ehemaligen Schülers auf. Wobei…«

Sie schaut auf ihre Uhr. »Nein, heute nicht mehr, aber morgen früh sollten Sie ihn in der Schule antreffen. Er ist in der Oberstufenklasse von Frau Vogel.«

»Danke, Frau Langenhagen. Ich hoffe, wir haben Sie nicht allzu sehr von ihren Aufgaben abgelenkt. Wenn Ihnen oder einem ihrer Schüler noch etwas einfällt, bitte rufen Sie uns an.«

Mit diesen Worten stehe ich auf und zeige an, dass das Gespräch zu Ende ist. Frau Langenhagen sieht auch so aus, als wäre sie glücklich, endlich gehen zu können. An der Tür dreht sie sich noch einmal um.

»Verurteilen Sie den Jungen nicht vorschnell. Glauben Sie mir, er ist nicht der Typ für eine solche Tat.« Am liebsten würde ich ihr widersprechen, aber Paula kommt mir zuvor.

»Frau Langenhagen, wir sind nicht dafür da, jemanden zu verurteilen. Wir ermitteln. Wenn wir nur mit Fakten arbeiten würden, dann säßen Sie nicht hier und Finn Baumann wäre nicht auf einer Akutstation, sondern im Untersuchungsgefängnis und unsere Akte bei der Staatsanwaltschaft. Denn Finn Baumann ist hierhergekommen, und hat sich selber als schuldig bezeichnet. Wir werden nun weiterarbeiten und auch nicht ruhen, ehe wir die Wahrheit wissen.« Oha, Paula hat ihren pathetischen Tag. Heute zeigt sie aber auch wirklich alle ihre Facetten.

Glücklicherweise verabschiedet sich Frau Langenhagen endlich.

Mit einem leisen Stöhnen lasse ich mich auf den Stuhl fallen. Meine Hände versuchen krampfhaft, die Stirn zu massieren.

»Du solltest endlich deine Tablette nehmen.«

Paulas Stimme nimmt einen fast mütterlichen Ton an.

Ich bin nicht mehr in der Lage, ihr zu widersprechen.

»Komm, Aurelia, wir gehen den Kuchen holen. Dann können wir noch in Ruhe einen Kaffee trinken und uns dann auf den Weg zu der Sekte machen.«

Paula gibt mir die Chance, ein oder zwei Minuten allein zu sein. Was für eine wunderbare Stille. Nachdem ich die Schmerztablette eingenommen und wir in Ruhe den Kuchen gegessen haben, ohne über unsere Arbeit zu reden, merke ich, wie der Schmerz nachlässt.

»Paula, nächstes Mal eine Nichtraucherkneipe. Ich fühle mich so, als hätte ich doch getrunken, dabei bin ich mir hundertprozentig sicher, dass es Saft war.«

Mitleidig schauen mich beide Frauen an. Auch das ist mir nicht recht. Knurrend halte ich sie davon ab, es auch noch auszusprechen.

9. Kapitel

Martin

Was für ein imposantes Gebäude. Die Gemeinschaft der inneren Weisheit muss eine Menge Kapital haben, um sich so etwas leisten zu können. Eine Villa mit einer riesigen Gartenanlage. Man kann mit seinem Auto bis zum Eingang vorfahren. Ein Kiesweg, der breit genug ist, führt bis dahin. Eine geschwungene Treppe, die von hohen Säulen umsäumt ist, führt zum Eingang.

Es erinnert mich ein wenig an eine alte Südstaatenvilla. Die Säulen scheinen das Dach zu tragen. Vor der Villa arbeiten fünf junge Männer in einem Garten. Sie graben Beete um. Es ist schon fast gespenstisch, denn keiner der Männer schaut uns an. Sie arbeiten starr und mechanisch. Im gleichen Takt einstechen, hochheben und umgraben. Keiner lässt sich anmerken, ob sie uns wahrnehmen. Sie geben uns das Gefühl, als würden wir nicht existieren. An der Eingangstür suchen wir nach einer Klingel, finden aber keine.

Gerade, als ich den Türklopfer aus massivem Metall betätigen möchte, geht die Tür auf. Ein älterer Herr mit weißem Haar und in eine Art arabische Kleidung gehüllt öffnet uns. Ich erkenne den Mann von den Bildern wieder, die Aurelia aus dem Internet gezogen hat. Es ist Mark McKenzie, der Sektenführer.

»Guten Tag, Martin Phillips und das sind meine Kollegen Aurelia von der Heyden und Paula Rohde. Polizei Hamburg.« Weiter komme ich nicht, denn sofort unterbricht mich der Sektenführer.

»Polizei, soso. Was möchten Sie denn unserer Gemeinschaft nun wieder vorwerfen? Wir haben uns an alle Auflagen gehalten, die Sie uns gegeben haben.«

Na super, als wären wir gerade dafür hier. Aber mein Bauchgefühl sagt mir, dass der Mann etwas zu verheimlichen hat.

»Nein, wir sind nicht da, um die Einhaltung von irgendwelchen Auflagen zu prüfen, aber vielleicht können wir uns ungestört drinnen unterhalten?«

Ich will unbedingt sehen, wie es im Haus aussieht. Wir müssen herausfinden, was er zu verbergen hat.

»Na gut, kommen Sie rein, aber Sie werden nichts finden.« Der Mann öffnet unwillig die Tür weiter und lässt uns hinein.

Drinnen sieht es mondän aus, alles aus Mahagoni, dunkel und bedrückend. Aus einem Raum kommen seltsame Geräusche. Merkwürdige Laute, die ständig wiederholt werden.

»Sie sind mitten in unserer Gebetszeit für die Frauen gekommen.« Marc McKenzie hat meinen suchenden Blick in Richtung des Raumes, aus dem die Geräusche kommen, gesehen. Für mich hört es sich nicht nach Gebeten an, aber ich schweige lieber. Er geht den langen Flur entlang, von dem diverse Türen abgehen, und öffnet die Tür eines Raumes, der links an der Stirnseite des Flures liegt. Von hier aus kann man wunderbar den ganzen Flur beobachten. Er will eindeutig die Macht über alles haben.

»Setzen Sie sich.« Mit einer Hand zeigt er auf eine Ledercouchgarnitur unter dem großen Fenster. Auch hier ist alles in dunklem Braun gehalten, keine Blumen, keine Bilder an der Wand.

Am liebsten würde ich stehen bleiben, aber ich bin mir sicher, dass wir dann gar keine Antworten von dem Sektenführer erhalten werden.

Sofort als ich sitze, beginne ich mit der Befragung.

»Herr McKenzie, kennen Sie Finn Baumann?«

Eine steile Falte bildet sich auf seiner Stirn. Seine Hände faltet er auf seinem Schoß. Ja, er kennt ihn. Da bin ich mir sicher.

»Ja, ich kenne Finn. Eine arme Seele.« Seine Stimme wirkt gekünstelt und mitleidig.

Dass der Junge arm dran ist, das ist sogar mir klar.

»Wissen Sie, er war bis vor einigen Tagen Mitglied in unserer Gemeinschaft, aber dann ist er einfach gegangen.«

Einfach gegangen? Das hört sich nicht sehr typisch für den Jungen an. Er soll seine Mutter immer umsorgt haben und hat dafür seine ganze Zukunft aufs Spiel gesetzt. Und dann soll er hier einfach gegangen sein? Das klingt nicht sehr glaubwürdig.

»Hatte er hier jemanden, mit dem er sich besonders gut verstanden hat?«

Der Sektenführer muss nicht einmal nachdenken.

»Natürlich hatte er einen Mentor in unserer Gemeinschaft. Das war ich. Er hatte es jahrelang geschafft, mich zu blenden. Er war sogar schon Cleaner.«

»Was ist ein Cleaner?« Paula richtet sich neugierig auf.

Ein spöttisches Lächeln umspielt die Lippen des Sektenführers.

»Das ist nichts, was ich Ihnen in den nächsten fünf Minuten erklären kann. Aber selbstverständlich sind auch Sie gerne zu einer Veranstaltung für den ersten Schritt eingeladen.«

»Vielen Dank für ihr Angebot, aber wissen Sie, Sie können ja mal versuchen, es mir zu erklären.«

Paulas Stimme ist so herrlich dominant gegenüber dem Sektenführer. Aber der scheint auf dem Ohr taub zu sein. Er schaut die ganze Zeit nur mich an und ignoriert die Frauen jetzt komplett.

»Ich denke, es wäre sehr nett, wenn Sie meiner Kollegin antworten würden.« Die Art und Weise, wie er Frauen ignoriert, macht mich wahnsinnig.

»Gerne, Herr Phillips. Also, wir haben sogenannte Supervisors. Wenn ein Mitglied die ersten Informationen haben möchte, dann wendet es sich an einen Supervisor. Da geht es wirklich nur um die Grundlagen dafür, wie man zur inneren Weisheit gelangen könnte. Sollte sich ein Mitglied entscheiden, auch hier im Haus zu leben, bekommt es einen Cleaner an die Seite. Dieser führt es in die Aufgaben im Haus ein, geht mit in die Tiefe auf dem Weg zur Weisheit und begleitet es in den Alltagsfragen. Dann kommt der Mediator, der herausfiltert, wer zur spirituellen Leitung unserer Gemeinschaft gehören kann und wer nicht. Ich selber führe, bis auf wenige Ausnahmen, die Gebete und gehe die Religionsfragen mit allen durch. Ich bin der Wegbereiter. Der, der die frohe Kunde an alle weitergeben kann.«

»Herr McKenzie, hatte Finn in ihrer Gemeinschaft engere Freunde?«

Paula lässt nicht locker. Aber wieder reagiert der Sektenführer, indem er mich anspricht.

»Wir sind alle Freunde, aber wenn Sie fragen wollen, ob Finn eine innigere Beziehung hatte, kann ich das bestätigen. Nach langen Testungen haben wir festgestellt, dass Maria da Silva die beste Ehefrau aus unserem Kreis für ihn ist. Leider kam es nicht mehr zur Heirat, da Finn sich vorher entschied, die Gemeinschaft zu verlassen.«

Nach Testungen wurde entschieden, welche Frau die beste Partie wäre? Diese Sekte wird mir immer suspekter.

»Wir würden gerne mit Frau da Silva sprechen.« Ich will das Gespräch abkürzen und weiterkommen.

Aber der Sektenführer schüttelt den Kopf. »Es ist keinem Mitglied unserer Gemeinschaft erlaubt, mit dem anderen Geschlecht zu reden, außer, man ist verheiratet.«

Das wird ja immer schlimmer. Wie sollen sich denn dann Finn und die Frau kennengelernt haben, wenn sie nicht miteinander reden durften?

»Ich denke, hier können Sie eine Ausnahme machen, ansonsten müssen wir Frau da Silva auf die Wache vorladen und spätestens dann muss sie aussagen. Außerdem sind ja meine Kolleginnen dabei.«

Bei diesen Worten steht der Sektenführer auf und deutet mit der Hand zur Tür.

»Das steht Ihnen natürlich frei. Es wird sie keiner hindern, aber dann wird unser Anwalt auch zugegen sein. Nun möchte ich Sie bitten, unser Haus zu verlassen.«

Normalerweise würden wir weiterreden und ihn in seine Schranken weisen, aber das Recht ist auf seiner Seite und wir werden nicht unnötig diskutieren, sondern den Rechtsweg wählen, um diese Sekte genauer unter die Lupe zu nehmen.

Vor der Tür der Villa stößt mich einer der Männer an, die im Garten gearbeitet haben. Keine Entschuldigung, gar nichts kommt von ihm. Aber nach der Erfahrung im Büro bestehe ich nicht mehr auf eine Entschuldigung. Es bringt nichts mehr, hierzubleiben. Wir werden von niemandem eine Antwort erhalten.

Am Auto stupst mich Aurelia an. »Martin, er hat dir heimlich einen Zettel in deine Jacke gesteckt.«

Ich schaue sie verwirrt an. Wie soll er das geschafft haben?

Aber auch Paula nickt. »Hol ihn aber erst im Auto raus. Da sind noch Kameras. Der Mann hat ihn dir nicht ohne Grund so in die Jacke geschoben.«

Da wir alle wissen wollen, was auf dem Zettel steht, fahren wir nur einige hundert Meter weit weg vom Gebäude.

Die Handschrift des Verfassers ist zitterig. Er muss es in größter Eile geschrieben haben.

»Morgen fünfzehn Uhr. Mönckebergbrunnen.«

»Nun denn, dann haben wir wohl morgen ein Date.« Aufgeregt schaut uns Aurelia an. Gleich ihr erster Fall ist so verworren.

10. Kapitel

Finn

Diese Angst. Es sind so seltsame Menschen hier. Alle reden durcheinander. Ich glaube, es war keine so gute Idee, dass ich mit den anderen esse. Der Pfleger meinte nur, dass es mir helfen würde. Aber Frauen und Männer an einem Tisch, das ist mir zu viel. Beim Essen muss doch Stille herrschen. Wie soll man zu sich finden, wenn man nicht still ist? Ich mag gar nichts zu mir nehmen.

»Herr Baumann, haben Sie keinen Hunger?« Der nette Pfleger von heute Morgen setzt sich zu mir. Ich spüre sofort eine Unruhe. Ich kann nicht gut damit umgehen, wenn mich jemand direkt anspricht.

»Herr Baumann?« Seine Stimme hat noch mehr Nachdruck. Ich muss ihm antworten, ob ich will oder nicht.

»Ich weiß es nicht. Es ist mir zu unruhig, zu viele Stimmen. Ich finde es seltsam, mit Frauen beim Essen an einem Tisch zu sitzen.«

Sofort keift mich eine Frau vom anderen Tischende, die mich schon die ganze Zeit angestarrt hat, an: »Ein Frauenfeind? Oder was bist du?« Sie schaut ihre Tischnachbarn an. »Ich habe doch gleich gesagt, der von der Geschlossenen, der hat einen riesigen Dachschaden und mit so etwas müssen wir an einem Tisch sitzen«.

»Frau Michalski, halten Sie sich zurück. Sie haben Unrecht und das wissen Sie auch ganz genau.« Der Pfleger ergreift zwar für mich Partei, aber die Frau hat doch recht. Ich meine, wieso bin ich denn sonst auf einer Station, die ich nicht alleine verlassen darf? Im Nebenraum hat jemand den halben Vormittag bis zum Mittag immer wieder geschrien.

Ach nein, ich bin ja hier, weil ich meine Mutter getötet habe. Weiß das der Pfleger überhaupt? Müsste ich nicht mit Handschellen ans Bett gefesselt sein? Ich habe das doch immer wieder im Fernsehen gesehen.

»Herr Baumann, machen Sie sich keine Gedanken, aber wenn Sie fertig sind, bringe ich Sie wieder zurück auf ihr Zimmer.«

Gerne folge ich dem Pfleger. Auch wenn ich eingesperrt bin, ist das immer noch besser, als hier mit den anderen in diesem Raum zu sitzen.

»Herr Baumann, nachher wird ein Psychologe kommen. Er möchte Sie gerne näher kennenlernen. Möchten Sie Abendbrot allein oder mit den anderen zu sich nehmen?«

Um Gottes willen, ich will nicht noch einmal mit den anderen in einem Raum sitzen. Lieber bleibe ich ganz allein.

»Ich würde gerne hierbleiben, aber gibt es vielleicht die Möglichkeit, ein Buch oder so zu lesen? Es ist doch sehr langweilig hier.«

Ein Lächeln huscht über das Gesicht meines Gegenübers.

»Lesen Sie gern?« Seine Stimme hört sich aufrichtig interessiert an.

»Ja, ich habe es geliebt. Meine Mutter fand es nicht so gut, aber ich habe es immer heimlich gemacht. Meine Lehrerin, die nachher kommt, hat mir immer wieder Bücher gegeben. Shakespeare habe ich gerne gelesen, aber das war doch sehr weit weg von der Realität. Ich hoffe es zumindest, denn Romeo und Julia sollte doch nicht so etwas passiert sein. Es wäre zu grausam für die weichen Seelen.«

Endlich etwas, wo ich mich auskenne, bei dem ich mich wohlfühle.

Der Pfleger, der sich auf den Stuhl gegenüber von mir gesetzt hat, steht auf.

»Einen Moment, ich schau mal nach, was wir haben.«

Ich spüre in mir ein Kribbeln und weiß gar nicht, wie ich es genau einordnen soll. Ich freue mich so, auch wenn ich mir das Buch nicht selber aussuchen darf.

Einige Minuten später kommt der Pfleger ohne ein Buch herein. Oh nein, habe ich mir das auch eingebildet? Habe ich dieses Gespräch mit ihm gar nicht geführt?

Es ist schrecklich: Ich bilde mir ein, dass es 2015 ist, dabei ist es 2017. Ich denke, dass ich vor einigen Tagen meine Mutter umgebracht habe, aber niemand findet die Leiche. Bilde ich mir nun auch noch Gespräche ein?

»Bin ich schizophren?« Ohne, dass ich weiter darüber nachdenke, schießt mir die Frage durch den Kopf. Ich habe sie aber wohl laut gestellt, denn er antwortet mir.

»Herr Baumann, wie kommen Sie denn jetzt darauf?« Seine Stimme ist neugierig, aber nicht einengend. Er scheint wirklich an mir interessiert zu sein.

»Ich dachte, wir beide haben uns gerade über Bücher unterhalten und dass Sie mir eins bringen wollen. Nun kommen Sie ohne Buch. Ich habe mir also wieder etwas eingebildet. Wie fast alles?« Ich bin richtiggehend über mich selbst beunruhigt.

Der Pfleger wirkt erleichtert, denn ein freundliches Lächeln umspielt seine Augen.

»Nein, Herr Baumann, aber ich habe gerade mit meinem Kollegen gesprochen. Wir sind gut besetzt und ich kann mit Ihnen gemeinsam, wenn Sie möchten, ein Stockwerk tiefer gehen. Dort können Sie sich selber Bücher aussuchen. Ich dachte, Sie freuen sich darüber.«

Oh, wie lieb von ihm! Aber weiß er überhaupt, wer oder besser gesagt was ich bin.

»Herr Brandt, Sie wissen aber schon, dass ich meine Mutter getötet habe?«

Er nickt sanft. »Wir wissen, dass Sie das glauben, aber noch ist das nicht bewiesen. Außerdem habe ich Muskeln und kann mich wehren.« Dabei lässt er seine Oberarme spielen. Obwohl es mit Sicherheit ein Spaß sein soll, beeindruckt er mich wirklich damit. Ich freue mich, die Station für einige Minuten verlassen zu können und noch mehr darüber, dass ich mir nach langer Zeit endlich wieder ein Buch aussuchen kann. Auch wenn Frau Langenhagen es immer wieder gut mit mir gemeint hat, ein Buch geliehen zu bekommen ist etwas anderes, als es selbst auszusuchen.

Es sind zwar nicht viele Bücher, aber sie sind bunt gemischt. Ich halte gerade einen Harry-Potter-Band in der Hand. Wie gerne würde ich es wieder lesen, aber Hexen und Zauberer sind ein Fluch des Dämons und ich darf es nicht.

»Herr Baumann, kennen Sie Harry Potter?«

Herr Brandt schaut mich neugierig an und ich sehe deutlich, er würde es nicht akzeptieren, wenn ich nicht antworte. Auch wenn ich nicht verstehe, wieso es ihn so interessiert, nicke ich.

»Ja, aber ich weiß nicht, ob ich das wirklich lesen darf.«

Er hebt fragend eine Augenbraue.

»Wie meinen Sie das?«

Wie kann ich ihm erklären, dass ich das selber nicht so genau weiß? Ich weiß nur, dass ich Zauberei als Verdammnis sehe. Woher ich das habe? Keine Ahnung.

»Ich weiß es nicht so genau, aber irgendwie sagt mir mein Inneres, dass es falsch ist.«

Ich hoffe, er gibt nach und fragt nicht weiter. Aber da habe ich die Rechnung ohne ihn gemacht.

»Welches Gefühl haben Sie denn dabei?«

»Hexerei ist das Werk des Teufels!«, bricht es aus mir heraus.

Ich bin erstaunt. Wieso kommt dieser Gedanke immer wieder? Ich war doch noch nie wirklich gläubig, denn wenn es einen Gott gibt, wieso wurde ich mit so einer Mutter bestraft?

Herr Brandt nickt mir zu. »Sind Sie stark gläubig oder sind Sie vielleicht Anhänger von Tante Petunie?«

Auch wenn er versucht zu scherzen, schießen mir die Tränen in die Augen. Wie soll ich diese ganzen Fragen beantworten können? Ich kenne mich ja selber nicht mehr. Woher soll ich wissen, wo ich in den letzten zwei Jahren war und ob meine Erinnerungen an die letzten Jahre davor noch stimmen? Vielleicht ist das alles nur eine Täuschung.

Er merkt, dass ich am Ende meiner Kraft bin.

»Alles gut. Es wird alles wiederkommen, da bin ich mir sicher.«

Er lächelt mich wieder aufmunternd an. Aber es fällt mir so schwer, überhaupt noch einzuschätzen, wer oder was ich bin. Der Mann hat gut reden.

»Darf ich vielleicht zwei Bücher mitnehmen?« Ich will mich von meinen Gefühlen ablenken. Unbewusst habe ich das Harry Potter- und ein Stephen King-Buch ausgesucht. Noch nie hatte ich die Möglichkeit, Stephen King zu lesen. Mir gefällt der Titel. ›Sara‹, ein wirklich schöner Name.

»Natürlich können Sie beide mitnehmen.« Ich presse sie wie einen kleinen Schatz eng an mich. Es kommt mir so vor, als ob ich jahrelang nichts mehr gelesen habe und es ist unsagbar kostbar, diese Bücher mitnehmen zu dürfen.

Auf einmal fühle ich mich hier ein wenig zu Hause. Zurück auf Station schnappe ich mir sofort das Buch von Stephen King und höre nichts mehr um mich herum.

11. Kapitel

Martin

Der Vormittag plätschert nur so dahin. Wir kommen heute in dem Fall anscheinend nicht weiter. Die Klinik bat darum, dass wir noch ein oder zwei Tage warten sollen, ehe wir Finn Baumann befragen. Er käme wohl gerade erst ein wenig zur Ruhe und man hätte Sorgen, dass es zu einer Verschlechterung der Symptomatik käme. Wobei ich mich frage, wie es für den jungen Mann noch schlimmer werden könnte. Der Psychologe meinte nur am Telefon, dass sie eine Substanz im Blut gefunden haben, die sie aber noch genauer testen müssen. Es sei keine der gängigen Drogen und aus diesem Grund müsste das Labor weitere Untersuchungen machen. Die Substanz sei auch nur noch minimal nachweisbar. Das macht die Arbeit natürlich nicht leichter.

Die Spurensicherung ist sich aber mittlerweile sicher, dass der Mord nicht so passiert sein kann, wie Finn ihn beschrieben hat. Es hätte dann Spuren von einer sitzenden Person auf dem Sessel geben müssen. Aber sie hätten über den ganzen Sessel verteilte Blutstropfen gefunden. Die Blutgruppe schien zwar zu stimmen, wie man anhand eines Abgleiches mit dem Blut von Finn Baumann festgestellt hat, aber es sei schon mindestens drei Wochen her, dass das Blut auf dem Teppich verteilt wurde und deswegen könne man nicht mit hundertprozentiger Sicherheit sagen, dass es wirklich das Blut der Mutter war. Es könnte auch das eines nahen Verwandten sein.

»Verdammte Scheiße, wieso bekommen wir immer solche Fälle?«, schimpfe ich. Aurelia und Paula schauen mich schockiert an.

»Entschuldigung, aber ich verstehe es nicht. Kommt ihr bei diesem Fall auch nur einen Schritt weiter?«

Beide schütteln den Kopf.

»Aber das kennen wir doch, ich verstehe deine Wut nicht.« Paula schaut mich mit hochgezogenen Augenbrauen an. Das wirkt ein wenig hochnäsig, was sie eigentlich gar nicht ist, aber dennoch liebevoll. Denn sie lächelt mir freundlich zu. Wie oft wurde uns beiden schon unterstellt, wir hätten eine Beziehung? Aber sie ist einfach meine beste Freundin, die mich erdet, wenn ich an allem zweifele oder einen Höhenflug bekomme, nachdem wir einen Fall abgeschlossen haben.

»Ich weiß, aber dieser Fall hörte sich für mich anfangs so logisch an.« Als ich ihren Blick sehe, seufze ich.

»Ja, ich weiß. Für dich war es von Anfang an klar, dass es nicht logisch ist, was er sagt. Aber mal ehrlich: Wer kommt denn hierher und gesteht einen Mord?«

»Jemand, der einen anderen decken will?« Es war klar, dass Paula das letzte Wort haben will. Aber eine sanfte Stimme unterbricht uns in unserer Diskussion.

»Oder jemand, dem man das einredet.«

Unsere Blicke wandern zu Aurelia. Was kann sie gemeint haben?

»Ich habe gestern Abend noch ein wenig geforscht«, berichtet sie.

»Erzähl mal von deinem abendlichen Fernsehprogramm.« Ich lehne mich im Stuhl zurück und beobachte sie genau. Es macht sie offenbar ein wenig nervös, wenn jemand sie so fixiert, aber damit muss sie zu leben lernen. Ich werde es ihr nicht leichter machen als anderen Praktikanten.

»Ich habe es nicht im Fernsehen gesehen.« Sie ist beleidigt und schaut mich mit zusammengekniffenen Augen an. Aber sie braucht nicht lange, um sich zu fassen.

»Ich habe vor einigen Monaten mal einen Bericht gelesen.« Ich muss mir einen flapsigen Spruch über die Länge des Zeitraumes, in dem ihre These spielt, verkneifen, denn ihre Stimme ist bewusst hart. Sie will sich eindeutig nicht ablenken lassen.

»Es ging darum, dass man Menschen einredet, etwas gemacht zu haben oder etwas machen zu wollen.« Sie schweigt für eine kurze Zeit. Dabei schaut sie Paula an, als würde sie sich hilfesuchend an jemanden halten müssen.

Aber auch Paula ist keine große Hilfe, denn sie schaut Aurelia genauso verwundert an, wie ich.

»Das ging mit Hypnose. Also damit verändern sie das Unterbewusstsein.«

Sofort unterbricht Paula sie. »Aber ich habe gehört, dass Hypnose nur dann gehen soll, wenn derjenige das auch möchte.«

»Ja, derjenige muss der Hypnose gegenüber offen sein, aber wenn man die Hypnose oft genug wiederholt, kann man ihm auch verschiedenste Dinge ›einreden‹.« Das Wort ›einreden‹ betont sie so stark als müsste sie extra unterstreichen, wie abartig das ist.

Mit den Fingern tippt sie nervös auf den Tisch.

»Aber wie kommt es dann zu seinem Gedächtnisverlust?« Paula schaut Aurelia interessiert an, ist aber wohl auch noch nicht überzeugt.

»Ein Trauma?« Nur das eine Wort ist Aurelias Antwort.

Diese Theorie erscheint Paula und mir sehr gewagt.

»Ich glaube, ehrlich gesagt, das ist etwas weit hergeholt. Ich denke immer noch eher, dass uns Finn Baumann mit dem Verlust des Zeitgefühls etwas vorspielt«, werfe ich ein.

»Ach komm, Martin, hast du den Jungen denn nicht gesehen?« Paula schaut mich wütend an.

Sofort stehe ich auf. Ich hasse es, wenn Paula das macht. »Nenn mir doch mal einen vernünftigen Grund, wieso er das alles nicht mehr wissen sollte.«

Sie lehnt sich mit einem Lächeln zurück, das ich nur zu gut von ihr kenne. Damit möchte sie mir sagen: »Du weißt auch nicht alles und hörst auch nicht richtig zu.«

»Hast du nicht gerade gehört? Trauma! Es wäre doch nicht unser erster Fall, bei dem so etwas geschieht. Wieso hältst du das hier für so unwahrscheinlich?«

Ja, wieso eigentlich? »Hört sich das für euch nicht auch so an, als wäre es seine Möglichkeit, in eine Nervenklinik zu kommen und nichts mehr sagen zu müssen?«

Paula schüttelt nur noch den Kopf.

»Es war doch deine Idee, ihn einweisen zu lassen. Heute findest du das falsch? Sag mal, geht's denn noch?«

Mit jedem Wort höre ich, wie verärgert sie ist. »Ach verdammt, Paula, wir kommen keinen Schritt weiter und ich bin davon genervt.«

Mit diesem Satz lasse ich meinen ganzen Frust raus. Aurelia widerspricht:

»Aber das ist doch so nicht wahr. Wir wissen, dass der Zeitrahmen, den Finn Baumann angegeben hat, nicht stimmen kann. Die Mutter kann dort nicht getötet worden sein. Und wir wissen auch, dass das Blut, das gefunden wurde, mit großer Wahrscheinlichkeit von der Mutter stammt.«

Sofort unterbreche ich Aurelia.

»Ja, aber wo ist die Mutter? Lebt sie noch? Oder ist sie doch schon tot?«

Aber dieses Mal lässt sie sich nicht beirren und spricht weiter.

»Wir wissen, dass irgendetwas oder irgendjemand Finn Baumann dazu gebracht hat, zwei Jahre zu verdrängen oder gar zu vergessen, und das Wichtigste für mich ist eigentlich: Er hat eine fremde Substanz im Körper. Lasst uns doch mal ein wenig rumspinnen.«

Rumspinnen? Hat diese Frau auf der Universität nichts gelernt? Ermittler spinnen nicht herum. Sie nehmen die Fakten auf, und nur die sind das, was zählt.

Aber sie redet unbeirrt weiter.

»Also, ich würde mich gerne mal mit dieser Substanz auseinandersetzen.«

Ich möchte sie am liebsten anbrüllen und erklären, dass wir doch noch gar nicht wissen, um welche Substanz es sich handelt. Doch sie schaut nur Paula an und diese hat sich in diesem Fall mit ihr verbündet. Aufmunternd lächelt sie sie an und ermuntert sie, weiter zu reden.

»Es gibt bewusstseinserweiternde Substanzen. Gibt es auch bewusstseinsverändernde oder bewusstseinsöffnende Substanzen? Also solche, mit denen man Menschen besser manipulieren kann?«

Sofort nickt Paula. »Ja, da hatten wir doch mal was bekommen.« An mich gewandt spricht sie weiter. »Mensch Martin, wie hieß die denn noch mal?«

Ich weiß nicht einmal, was Paula genau meint, aber das Krankenhaus oder die Rechtsmedizin müssten da doch was Genaueres wissen. Ich bin kein wandelndes Lexikon, möchte aber auch nicht nur negativ dastehen und versuche deshalb, mich auf die Idee der beiden einzulassen.

»Da müssen wir vielleicht mal die Rechtsmedizin anschreiben. Das wäre auch insofern günstig, dass sie diese Substanz von Finn Baumann genauer untersuchen könnten.«

Paula ist sichtlich Feuer und Flamme für diese Theorie.

Da ich nichts mehr entgegenzusetzen habe, muss ich mich den beiden Frauen geschlagen geben.

Paula ruft sofort in der Rechtsmedizin an. Diese bestätigen, dass es solche Substanzen gibt und dass ihre Untersuchung auch in diese Richtung geht. Es wäre aber sehr seltsam, wenn man jemanden über so einen langen Zeitraum manipulieren könnte. Sie haben noch nie von einem derartigen Fall gehört. Es ging sonst immer nur um einige Stunden oder vielleicht mal einen Tag. Die Substanzen, sogenannte KO-Tropfen, würden gern und häufig eingesetzt, wenn es darum geht, Vergewaltigungen zu vertuschen. Die Frauen können sich dann an nichts mehr erinnern. Sie nehmen in diesem Fall an, dass es ein oder zwei Stunden früher passiert sein muss. Aber soweit bekannt ist, konnte bei den Opfern mithilfe von Therapien und Gesprächen meistens der genaue Ablauf wieder rekonstruiert werden.

»Das lässt ja noch Hoffnungen für unseren Fall aufkeimen«, erwidere ich nur.

Die Prüfung, ob es sich bei Finn Baumann tatsächlich um diese Substanz handelt, würde aber noch einige Tage dauern, da die Probe an die Uniklinik von Berlin geschickt werden muss. Dort steht das benötigte Gerät. Leider sind die Wartezeiten bei diesem Gerät extrem lang.

»Ist doch immer wieder nervig, dass unsere Arbeit an so etwas scheitern könnte. Was ist, wenn sich die Substanz weiter abbaut?« Ich muss mich zurückhalten, nicht vor lauter Wut auf den Tisch zu hauen, dass immer alles so lange dauert.

Beide schauen mich verständnisvoll an.

Ich bin heute wirklich nicht gut drauf und immer wieder merke ich, dass ich in meine alten Muster zurückfalle. Egal, wie sehr ich mich bemühe, es fällt mir schwer, optimistischer zu sein. Paula würde sagen: »Der Kerl meckert nur rum und ist nie zufrieden.«

Sie hat recht, aber nur so bin ich erfolgreich geworden. Ich gelte vielleicht nicht als der intellektuellste Polizist, aber immerhin als der mit der größten Hartnäckigkeit.

Am Schreibtisch fühle ich mich unwohl. Ich bin der Macher. Ich hätte vielleicht Streifenpolizist werden sollen, da wäre ich besser aufgehoben gewesen. Aber ich kann gar nicht so schlecht sein, sonst würden wir nicht immer wieder die schweren Fälle bekommen. Ich schiebe diese Gedanken beiseite und konzentriere mich wieder auf unseren Fall. Genug zu schreiben und recherchieren gibt es ja.

Aber dann ist es endlich so weit. Wir sollten zum Mönckebergbrunnen aufbrechen, nicht dass wir zu spät zu dem Treffen mit dem Sektenmitglied kommen. Ich hoffe, wir bekommen dort mehr Informationen, die uns bei dem Problem weiterbringen.

Kurz vor fünfzehn Uhr erreichen wir den Brunnen. Da das Wetter heute recht gut ist, sitzen viele Jugendliche und Rucksacktouristen, die ihre Schlafsäcke und ihr Hab und Gut bei sich tragen, an dem Brunnen – und auch einige Obdachlose. Viele tragen Punkerfrisuren und haben ihre Hunde, einer sogar eine Ratte dabei. Auch wenn die meisten Hunde gepflegt sind, bin ich der Meinung, dass Hunde und Kinder nicht auf der Straße leben müssen. Hier versagt die Stadt Hamburg, denn in einer so reichen Stadt sollte kein Mensch obdachlos sein. Einer der Jugendlichen erkennt Paula wieder.

»Mensch Frau Rohde, Sie hier?« Freundlich nickt sie ihm zu und nachdem sie einen Plausch gehalten haben, kommt Paula wieder zu uns.

»Ich arbeite ehrenamtlich im Mitternachtsbus, der junge Mann ist dort Stammgast«, erklärt sie uns entschuldigend.

»Oh, das wollte ich auch immer, aber mein Vater macht sich zu große Sorgen um mich«, meint Aurelia.

Paula kann ein Lachen nicht unterdrücken.

»Polizeiarbeit ist da um einiges gefährlicher. Der Mitternachtsbus ist wirklich eine tolle Abwechslung und die Kunden sind sehr freundlich, offen und absolut hilfsbereit.«

Von Weitem sehe ich den Mann aus der Sekte. Er sticht einem aufgrund der roten Haare, Sommersprossen und seiner Kleidung, dem Leingewand, direkt ins Auge.

»Da vorne kommt er«, sage ich.

Wir gehen langsam auf ihn zu. Kaum ist er bei uns, bittet er, von der offenen Straße zu verschwinden.

»Können wir vielleicht in ein Café? Hier draußen ist es zu gefährlich.«

Immer wieder schaut er nach links und rechts, als hätte er Angst, dass ihn jemand verfolgt. Ein »Kaffee-to-Go« ist gleich nebenan und wir gehen hinein. Im Café sind zwar viele Menschen, aber der Mann wirkt sofort erleichtert, auch wenn er sich nicht wirklich entspannt.

Ruhelos schaut er sich im Café um und immer wieder gleitet sein Blick über die Plätze in den Nischen, doch die sind alle besetzt. Ich führe ihn an einen Tisch an der Fensterfront. Er macht auf mich den Anschein, als würde er dort nicht sitzen wollen, doch wir müssen weiterkommen. Nervös knetet er seine Hände. Es ist eindeutig: Er befürchtet, dass er verfolgt wird.

Was kann ihm nur solche Angst einflößen?

Aurelia besorgt für alle Kaffee.

›Nicht lange fackeln‹ ist meine persönliche Meinung. Aus diesem Grund beginne ich sofort mit der Vorstellung, als er sich hingesetzt hat.

»Mein Name ist Phillips und das ist meine Kollegin Rohde.«

Er nickt sofort. »Sie sind von der Polizei, stimmt's?« In seiner Stimme schwingt Hoffnung mit und es ist klar, dass der Sektenführer nicht offen über alles in seiner Gemeinschaft redet. Denn er hat offensichtlich nichts von uns erzählt.

»Ja, und wer sind Sie?« Paula spricht ihn mit sanfter Stimme an. Sie möchte ihn augenscheinlich ein wenig beruhigen, denn er sieht sich immer wieder panisch um. Mein Blick wandert durch den Raum, aber ich entdecke nichts Auffälliges. Viele Touristen, einige Hamburger, aber ansonsten nichts, was darauf hindeutet, dass wir beobachtet oder gar verfolgt werden. Ich hätte sogar gedacht, dass wir mehr beachtet werden, denn der Mann erinnert mich leicht an die Christusfiguren in den Kirchen. Hamburg ist aber so bunt, dass jeder hier das Recht hat, so zu leben wie er will,und jeder wird in Ruhe gelassen.

»Wenn es geht, möchte ich das lieber nicht sagen.«

Zwingen können wir den Mann natürlich nicht, aber es wäre besser, wenn wir es wüssten. Heute gebe ich mich aber auch nur mit seinen Informationen zufrieden.

Also nicken beide.

»Wie geht es Finn?« Seine Sorge um unseren Verdächtigen ist nicht gespielt.

Paula springt sofort darauf an. »Sie kennen Herrn Baumann?«

Es bilden sich Schweißperlen auf der Stirn des Mannes. Obwohl es nicht heiß ist, schwitzt er immer stärker. Dabei ist er sehr blass. Ich mache mir langsam Sorgen, ob er das Gespräch durchhält. Hat er Drogen genommen oder ist es wirklich nur die Angst?

»Ja, er war mein Cleaner, aber vor knapp einem Monat war er auf einmal verschwunden.«

Schon vor einem Monat? Der Sektenführer meinte doch gestern, es sei erst vor einigen Tagen gewesen.

»Sind Sie sich sicher, dass er schon seit etwa einem Monat fort ist?«

Ein heftiges Nicken ist die Antwort.

»Ja, und keiner hat uns gesagt, wohin er gegangen ist. Es war schrecklich, wissen Sie. Tage vorher war Finn sehr unruhig. Er hatte angefangen, Dinge zu hinterfragen. Dinge, die ich nicht verstanden habe. Ich bin zwar schon länger in der Gemeinschaft der inneren Weisheit, aber er ist sehr schnell aufgestiegen. Er war reiner als wir anderen. Aber im März begann es. Er fragte nach unseren Ehefrauen. Ob eine mal verschwunden sei. »

Was kann er damit gemeint haben? Ich schweige aber lieber, denn der Mann scheint sich alles schnell von der Seele reden zu wollen. Mein Blick auf Paula sagt mir, dass sie sich auch wundert, aber ebenfalls lieber schweigt.

»An einem Abend habe ich Finn noch nach unserer Nachtruhe über den Flur gehen sehen. Erst dachte ich, er müsste auch auf die Toilette, genau wie ich, aber er ist woanders hingegangen. Ich weiß nur nicht wohin und dann …« Er bricht mitten im Satz ab.

»Was ist dann passiert?« Paulas Stimme ist freundlich. »Sie müssen keine Angst haben. Alles, was Sie sagen, bleibt hier zwischen uns und niemand wird es erfahren.«

»Ich befürchte, das ist meine Schuld.«

Der junge Mann bekommt immer schlechter Luft, er hechelt wie ein Hund in der Hitze. Glücklicherweise kommt Aurelia genau in diesem Moment zu uns. Sie schiebt ihm eine Tasse Kaffee zu und spricht ihn mit fester Stimme an.

»Trinken Sie erst einmal etwas.« Gierig nimmt er die Tasse und trinkt einen großen Schluck wie ein Verdurstender.

Langsam wird sein Atem wieder ruhiger. An Aurelia gerichtet bedankt er sich mit einem freundlichen Lächeln.

»Geht es wieder?«

Ich will weiterkommen und ich glaube auch, dass der Mann so schnell wie möglich fort will, also übe ich ein wenig Druck auf ihn aus.

»Ja, danke Ihnen. Also ich habe dann den großen Fehler gemacht und bin zu Ben gegangen.«

Wieder bricht er ab.

»Wer ist Ben?« Paula lässt den jungen Mann kaum zu Atem kommen. Auch sie möchte das Gespräch nicht länger als nötig in die Länge ziehen.

»Ben McKenzie. Er ist einer aus dem innersten Kreis unseres spirituellen Führers. Er ist der Bruder von Marc McKenzie. Ich weiß nicht, was passiert ist, aber zwei Tage nach dem Vorfall war Finn weg.«

Das ist wirklich interessant. Aber wie können wir das beweisen, ohne dass wir den jungen Mann hier in Gefahr bringen? Denn es wäre doch ein zu großer Zufall, wenn das nichts mit unserem Fall zu tun hat.

»Sind denn schon öfter Menschen einfach verschwunden?« Ich hake weiter nach, denn wieso hat Finn Baumann nach einer Frau gefragt? Das muss doch einen Grund gehabt haben.

»Das ist ja das Seltsame, aber ich habe mich erst später wieder daran erinnert. Marc hatte eine Frau an seiner Seite, schon längere Zeit. Sie war bereits seine Gefährtin, da war ich noch nicht in der Gemeinschaft und ich bin schon acht Jahre dabei. Vor etwa zwei Jahren verschwand sie auf einmal spurlos.«

Seinem Gesicht kann man ansehen, dass er sich Vorwürfe macht, sich nicht vorher schon daran erinnert zu haben.

»War das der einzige Fall, den Sie beobachten konnten?« Ich will mehr darüber wissen. Das könnte der Schlüssel sein. Aber er zuckt nur mit den Schultern.

»Sie müssen doch wissen, ob schon mal Mitglieder ihrer Gruppe einfach weg waren?« Ich hoffe, man hört mir meine Ungeduld nicht zu sehr an.

»Es kommen und gehen immer mal wieder Mitglieder. Es ist uns absolut verboten, mit Menschen zu reden, die aus der Gemeinschaft ausgetreten sind. Ich glaube aber auch nicht, dass die noch Kontakt zu uns haben wollen.«

»Sind Sie bereit, das, was Sie uns hier erzählt haben, auch noch mal mit Ihrem Namen zu Protokoll zu geben?« Sofort schüttelt der junge Mann auf meine Frage den Kopf.

»Ich will nicht, dass mir oder meiner Frau etwas passiert. Dass ich hier bin, ist schon eine Gefahr. Was glauben Sie, warum ich mich hier treffen wollte? Die Gemeinschaft hat heute einen Infostand in Schnelsen draußen. Dann ist hier niemand. Aber sicher kann ich mir nicht sein. Möglicherweise ist sogar einer von Ihnen bei uns Mitglied. Das würde bedeuten, dass ich hiermit vielleicht mein Todesurteil unterschrieben habe. Doch ich muss es endlich aussprechen«.

Entgeistert blicke ich ihn an.

»Also laut unseren Informationen umfasst Ihre Gemeinschaft gerade einmal 150 Leute. Da müssen Sie sich doch nicht sorgen, dass einer von uns auch in der Gemeinschaft ist.«

Ein höhnisches Lachen folgt, was nicht typisch für den Mann ist, den ich mittlerweile Mister X nenne.

»Das sind die offiziellen Zahlen. Marc McKenzie hat schon einige Menschen geschmiert und auf seine Seite gezogen. Woher soll ich wissen, dass Sie nicht auch dazugehören?«

Das ist eine interessante Information. Aber woher soll der Sektenführer das Geld dafür haben? Wirklich reich kann man ihn nicht nennen und die Sekte schluckt eher, als dass sie abwirft. Gerade das Haus und die Miete dafür werden vermutlich mehrere tausend Euro im Monat kosten.

»Sie müssen uns vertrauen. Und wenn Sie aussteigen wollen und Angst haben, dann würden wir ihnen und ihrer Frau auch helfen.«

Panik macht sich auf seinem Gesicht breit. Schnell, als wäre der Teufel am Tisch, springt er auf, um davon zu laufen.

Auf einmal ist es laut. Kunden schreien auf. Ein lautes Knirschen ist von der Fensterseite zu hören. Ich blicke dort hin. Meine Hand greift automatisch zum Halfter, um meine Pistole zu ziehen. Aber es sieht aus, als ob ein Stein gegen eine der Fensterscheiben geflogen ist.

Paula, die näher am Fenster saß, ist sofort da und schaut sich die Scheibe genauer an.

»Das war ein Schuss.« Paula deutet auf ein kleines Loch in der Scheibe. Verdammt, sie hat recht. Wo ist unser Zeuge? Schnell blicke ich mich um, doch ich sehe ihn nicht. Ich will zur Tür laufen, denn ich vermute, er hat die Unruhe genutzt und ist geflüchtet. Doch mitten im Schritt verharre ich. Langsam senke ich meine Augen und sehe ihn vor meinen Füssen liegen. In dem ganzen Krach ist mir nicht aufgefallen, dass er zu Boden gegangen ist. Ich bücke mich nach ihm und spreche ihn an. Keine Reaktion. Vorsichtig drehe ich ihn um. Schlapp fällt der Arm zur Seite. Ein rotes Rinnsal fließt aus seiner Stirn. Als ich die Finger an seinen Hals lege, stelle ich fest, dass kein Puls mehr zu spüren ist. Umstehende Menschen schreien auf, als sie das Blut sehen.

Sofort beginne mit den Erste-Hilfe-Maßnahmen. Paula läuft nach draußen, um zu sehen, von wo der Schuss gekommen ist. Um mich herum herrscht großer Tumult. Die Gäste des Cafés flüchten. Aurelia ist mit der Situation überfordert und schafft es nicht, die Gäste dazu zu bewegen, sich auf den Boden zu legen und abzuwarten. Aber der Schütze hat schon geschafft, was er wollte, denn der junge Mann ist tot. Ich bin mir sicher, dass ich ihn nicht wiederbeleben kann. Aber ich gebe nicht auf. Mit jedem Druck auf die Brust schießt eine kleine Fontäne Blut aus dem Kopf. Es ist das einzige Zeichen, dass sein Blut noch pulsiert, aber es kommt zu keiner eigenständigen Atmung. Ohne meine Tätigkeit zu unterbrechen, schaue ich mich um. Nur noch zwei Gäste sind im Raum und haben sich hinter einem Tisch verschanzt.

»Raus! Es ist vorbei. Gehen Sie zu meinen Kollegen«, fordere ich sie auf. Aber sie zittern am ganzen Körper und sind nicht in der Lage, sich zu bewegen.

»Ruf Verstärkung und einen Rettungswagen«, schreie ich Aurelia im Befehlston an. Ich versuche weiter, den Mann zu reanimieren, und hoffe, dass Aurelia schnell schaltet. Aber draußen sind Kollegen, die das mitbekommen haben. Es dauert keine fünf Minuten und alles wird abgeriegelt. Der Notarzt trifft ein, kann aber nur noch den Tod des Mannes feststellen.

»Verdammte Scheiße, wie konnte das passieren?«, fluche ich geschockt. Vor wenigen Minuten dachte ich noch, der Kerl ist ein Spinner, der denkt, dass er verfolgt wird. Und nun? Nun ist er tot.

Langsam kommen die Kollegen von draußen rein.

»Der Schütze muss auf einem der Dächer gewesen sein.«

Mein Blick wandert nach oben. Das muss doch einer gesehen haben, verdammt.

Paula kommt dazu und ich sehe ihr an, dass sie ebenfalls geschockt ist. Mit dieser Tat hat wirklich keiner gerechnet. Wir waren so nah dran! Es hätte auch jemand anderen treffen können. Wir haben schon einige Schießereien erlebt, aber noch nie einen Scharfschützen, der einen Zeugen ausschaltet. Mein erster Verdacht: Das kann nur jemand aus der Sekte gewesen sein.

»Gibt es Zeugen?«

Alle Kollegen um uns herum schütteln den Kopf. Das ist der Nachteil der Innenstadt: Sie ist so belebt, dass man gut unbemerkt abtauchen kann.

Ratlos überlassen wir der Spurensicherung das Feld. Vielleicht finden die noch etwas heraus, das uns weiterhilft. Ich will nur noch eins: Diese Sekte noch einmal aufsuchen. Mit einem Durchsuchungsbeschluss. Dieser Typ wird uns nicht wieder abwimmeln und wir werden den Laden auf dem Kopf stellen, ob er will oder nicht.

12. Kapitel

Finn

Diese Dunkelheit ist bedrückend, gerne würde ich hier wieder raus. Aber irgendetwas drängt mich dazu, den Flur weiter entlang zu gehen. Etwas, das ich nicht beschreiben kann, zieht mich vorwärts. Dahin, wo die einzelne Lampe leuchtet. Jeder Schritt fällt mir schwer, meine Beine sind schwer wie Blei. Immer wieder stoppe ich, um zu horchen, ob mich jemand verfolgt.

Doch es ist leise. Niemand ist da. Ich gehe einen Schritt weiter. Doch halt, da habe ich doch etwas gehört. Ich verstecke mich hinter einem der Kartons, die auf dem Flur stehen. Aber es ist wieder still. Wahrscheinlich habe ich nur meine eigenen Schritte gehört. Leise krieche ich hinter den Kartons hervor. Ich muss weitergehen. Wenn ich nur wüsste, was mich dorthin zieht. Vorsichtig gehe ich Schritt für Schritt weiter. Endlich bin ich bei der Lampe. Doch was dann? Es kommt mir bekannt vor, aber woher? Drei Türen liegen vor mir – durch welche soll ich gehen? Eine leise Stimme, sanft und zärtlich, flüstert mir ins Ohr. »Mach es nicht. Du bringst dich nur unnötig in Gefahr. Denk an dich.«

Eine harte, ja fast schon brutale Stimme flüstert ins andere Ohr. »Mach es. Sei ein Mann. Du kannst ihr helfen.« Beherzt greife ich nach dem Türgriff der mittleren Tür.

»Aua.« Laut schreie ich vor Schmerz auf. Es dauert einige Sekunden, bis ich mich orientiert habe. Ich liege auf dem Bett im Krankenhaus, draußen ist es dunkel, es muss mitten in der Nacht sein. Ich höre, wie der Regen leise gegen das Fenster plätschert.

Es war nur ein Traum. Wieder dieser Traum. Immer wenn ich einschlafe, kommt er. Ich kann ihn nicht unterdrücken.

Von meinem Schrei angelockt, kommt eine Schwester. Sie hatte sich als Frau Niemann vorgestellt und sei die Nachtwache.

»Herr Baumann, was ist los?« Sie ist außer Atem. Ich habe sofort ein schlechtes Gewissen, dass ich jemanden so aufgeschreckt habe.

»Es tut mir leid. Ich wollte Sie nicht erschrecken, ich hatte nur einen schlechten Traum.« Unruhig setze ich mich auf die Bettkante. Ich möchte erst mal nicht wieder einschlafen. Zu groß ist meine Angst, dass der Traum wiederkehrt.

»Möchten Sie einen Tee oder einen Kakao trinken?« Sie spürt, dass ich nicht mehr weiterschlafen kann. Dankbar nehme ich ihr Angebot an.

Nachdem wir durch die Tür gehen, die die geschlossene Station von der Offenen abtrennt, fühle ich mich sofort freier. Auch wenn ich nicht weglaufen möchte, ist das Gefühl sehr erleichternd, weggehen zu können.

Aber dieses Eindruck trügt natürlich nur. Die Schwester lässt mich keine Sekunde aus den Augen.

»Trinken Sie lieber Tee oder Kakao?«

Ich schaue mir die vorhandenen Teesorten an. Ich glaube, ich habe noch nie so viele verschiedene Sorten auf einmal gesehen.

Nach einigem Hin und Her entscheide ich mich für einen Früchtetee. ›Sweet Kiss‹ steht darauf. Meine Mutter hätte daran bestimmt ihre helle Freude gehabt. Sie liebte jede Art von Kitsch und Romanze, dabei war sie innerlich so kalt wie ein Fisch. Heißes Wasser gibt es hier aus einer Maschine, mit der man auch Kaffee kochen kann. Ich habe immer meinen Tee mit einem Wasserkessel gekocht.

»Wasserkessel? Wie kommst du denn darauf?«, schimpfe ich mit mir selber. Wir hatten doch einen Wasserkocher. Ich erinnere mich daran, dass meine Mutter sehr stolz auf dieses Teil war. Es hing keine Schnur daran und war aus Metall. Saublöd zum Putzen. Es hat ja gut ausgesehen, aber jeder Fingerabdruck war sofort zu sehen und für jeden, den ich beim Putzen vergaß, gab es Riesenärger.

»Möchten Sie erzählen, was Sie geträumt haben?« Die freundliche Stimme von Frau Niemann reißt mich aus meinen Gedanken.

Vielleicht hilft es ja, darüber zu reden.

»Ich gehe immer einen Flur entlang. Ich muss eine Lampe erreichen, weiß aber nicht wieso. Irgendetwas zieht mich dorthin. Was mir nur auffällt, ist, dass ich Angst habe, mir würde jemand folgen. Dieses Mal habe ich mich hinter irgendwelchen Kisten versteckt. Und dann stehe ich vor drei Türen. Als ich die eine öffnen will, verbrenne ich mir die Hand.«

Bewusst lasse ich den Teil mit den Stimmen weg. Zu groß ist meine Angst, dass sie mich für schizophren hält.

»Haben Sie diesen Traum schon öfter gehabt?« Ich nicke nur. Mehr möchte ich nicht darüber erzählen. Sie scheint es zu merken und lässt mich in Ruhe.

Nach einigen Minuten stehe ich auf. Ich möchte wieder in mein Zimmer. Ob es mir erlaubt ist zu lesen?

Mit einem freundlichen Lachen antwortet die Schwester:

»Sie sind ganz allein in Ihrem Zimmer. Wenn Sie noch nicht wieder schlafen können, dann lesen Sie gerne. Aber ich kann Ihnen natürlich auch ein Schlafmittel geben. Sie hatten Ihres ja heute Abend nicht genommen, weil Sie da schon geschlafen haben.«

Nein, Medikamente möchte ich nicht nehmen und schlafen will ich auch noch nicht wieder. Ich lehne es also dankend ab.

Vermutlich war das Gespräch mit dem Psychologen doch zu aufregend. Er hatte mir zwar nur einige Fragen zu meiner Kindheit gestellt und immer wieder versucht, herauszubekommen, wo ich die letzten zwei Jahre war, aber weiter gekommen sind wir nicht.

Mit dem Tee und dem Buch »Sara« mache ich es mir auf dem Bett bequem und beginne zu lesen. Zeit und Raum vergessend fliegen die Stunden nur so dahin und kurz vor Sonnenaufgang schlafe ich wieder ein.

13. Kapitel

Martin

Wir haben gar nicht lange gewartet, sind nicht auf die Wache zurückgefahren, sondern haben uns von unterwegs telefonisch die Genehmigung für die Durchsuchung des Hauses der Sekte geben lassen. Die Verstärkung soll uns vor Ort treffen und das Schreiben dabeihaben, das der Richter uns ohne lange Diskussion zugesagt hat. Sogar Karsten, der es normalerweise hasst, wenn wir so schnelle Aktionen durchführen, hat nicht mit uns debattiert. Ich kann seine Sorgen auch verstehen, denn wir sind eine kleine Wache und ein Abzug von acht oder mehr Personen kann immer dazu führen, dass die Arbeit auf der Wache nicht mehr aufrechterhalten werden kann. Aber die bürgernahen Beamten aus den Vier- und Marschlanden haben uns sofort ihre Unterstützung angeboten, und so muss Karsten nur wenige Kollegen abstellen.

»Aber passt gut auf euch auf. Wenn die so weit gehen, dass sie auf offener Straße jemanden erschießen, dann will ich nicht wissen, wie weit sie gehen, wenn sie in ihren Häusern sind.«

Noch beim Auflegen höre ich, wie Karsten etwas murmelt wie. »Es scheinen hier ja amerikanische Sitten einzuziehen.« Ich muss ihm in dem Punkt zustimmen, es hat wirklich eher etwas von amerikanischen Filmen.

Die Fahrt zur Villa der Sekte zieht sich hin. Glücklicherweise fährt Paula. Ich bin innerlich so aufgewühlt, dass ich mir nicht sicher bin, ob ich uns auch wirklich unfallfrei dort hinbringen würde. Der Schuss hätte auch jemanden von uns treffen können. Was wäre passiert, wenn es unsere Praktikantin getroffen hätte? Und dazu ist sie auch noch mit Karsten befreundet. Aber sie besteht trotzdem darauf, weiter mitzumachen. Vielleicht sollten wir sie dazu bewegen, im Auto zu bleiben. Aber ich habe es kaum ausgesprochen, da schüttelt Aurelia schon den Kopf.

»Versuche gar nicht erst, mich da rauszuhalten. Ich will die Polizeiarbeit in allen Facetten kennenlernen. Ich bin hier, um richtig zu arbeiten und zu lernen. Also bin ich dabei.«

Paula schaut mich schulterzuckend an. Wenn sie nicht bei einer Durchsuchung dabei sein dürfte, dann hätte Karsten uns das mit Sicherheit mitgeteilt. In diesem Moment klingelt das Diensthandy und Karsten ist am Apparat. Aurelia bemerkt das und atmet tief ein. Ich erkenne sofort, dass sie Sorgen hat, nicht an diesem Einsatz teilnehmen zu dürfen.

»Ihr habt sieben Mann vor Ort. Zusammen mit euch dreien sollte das ausreichend sein. Wenn nicht, dann ruft von anderen Wachen Verstärkung.«

Mehr Worte brauche ich nicht und nach einem OK lege ich auf. Aurelia schaut mich erstaunt an.

»Was ist denn mit dem? Mit seiner Tochter durfte ich früher nicht mal zu hoch schaukeln. Lässt er mich endlich erwachsen werden?«

Ich kann es mir zwar gar nicht vorstellen, dass Karsten jemand so bemuttert, aber ich habe mit ihm privat auch kaum Kontakt.

Heute ist niemand im Garten, aber ein Blick auf die Uhr sagt mir, dass es schon achtzehn Uhr ist. Bestimmt essen die Mitglieder gerade. Wir müssen nicht mal klingeln, denn sofort öffnet uns Marc McKenzie die Tür. Ohne große Erklärung halte ich ihm den Durchsuchungsbeschluß unter die Nase.

»Wir schauen uns in ihren Räumen um.«

Dabei schiebe ich ihn zur Seite. Paula hält mich am Arm fest. Ja, sie hat recht. Wenn ich zu dominant werde, kann er mir vorwerfen, dass ich ihn misshandelt hätte.

»Aber gerne doch. Wir werden Sie gerne herumführen.«

Soweit kommt es noch. Die werden mir nicht zeigen, wo es langgeht und wo nicht.

Die Kollegen gehen hinein. Während sie die Gemeinschaftsräume durchsuchen, nehme ich mir mit Paula und Aurelia die Büroräume vor.

Alle Zimmer im Haus sind edel eingerichtet. Ich frage mich ernsthaft, woher all das Geld kommt. Die Möbel sind fast durchgehend aus Mahagoni. Kronleuchter, wie ich vermute aus Glas, hängen an der Decke. In jedem Zimmer sind ein Kreuz und eine Bibel, sonst keine Bücher. Im Büro stehen keine AktenordnerWir finden lediglich einen einzigen Computer, den wir abbauen, um ihn unseren Spezialisten zu schicken.

Draußen kommt es zu einem Tumult. Ich gehe nachsehen. Zwei Frauen stehen vor ihren Zimmern und wollen die Polizisten nicht reinlassen.

»Nur eine Frau darf meinen Raum betreten. Das sagt mir meine Religion. Die können Sie doch nicht einfach ignorieren.« Die beiden Polizisten, die vor ihnen stehen, wirken genervt.

»Wir wollen ihren Raum durchsuchen, nicht Sie selbst. Dafür müssen wir nicht auf das Geschlecht achten.«

Ich stelle mich vor die Frauen. Sie blicken beide auf den Boden.

Marc McKenzies Stimme ertönt hinter mir.

»Lasst die Unwissenden hinein. Ihr habt nichts zu befürchten. Wir müssen uns dieser Gewalt beugen und werden uns im Anschluss einem Reinigungsritual unterziehen.«

So wie er lächelt, könnte ich ihm direkt ins Gesicht schlagen. Stattdessen atme ich tief ein und aus.

Die Kollegen kommen wieder aus dem Zimmer. Augenscheinlich haben sie nichts gefunden, denn sie schütteln nur mit dem Kopf.

Aus jedem Zimmer kommen die Kollegen, ohne etwas entdeckt zu haben. Die Bewohner besitzen nur ihre seltsamen Kaftane und Unterwäsche. Keine Stifte, kein Papier, kein Buch. Nichts! In den Gemeinschaftsräumen liegen jeweils genau eine Bibel der Gemeinschaft und sonst auch keine Stifte oder Ähnliches. Es ist verwirrend, wie spartanisch sie leben.

Zwei Stockwerke ohne persönliches Eigentum. Der einzige Unterschied zu der unteren Etage ist, dass oben weiche, teure Perserteppiche liegen. Hier sind vermutlich die Familien untergebracht.

»Hast du Kinder gesehen?« Leise höre ich Aurelia und Paula reden.

Die Frage ist berechtigt – hier gibt es keine Kinder. Dürfen die Frauen und Männer keine Kinder bekommen oder sind diese irgendwo anders untergebracht?

»Wir sind eine junge Gemeinschaft. Noch haben wir keine Kinder bekommen.« Marc McKenzie steht hinter uns. Der Typ passt auf wie ein Luchs. Nahezu lautlos ist er uns gefolgt.

»Wo ist Finn Baumanns Zimmer? Und wer ist das?« Ich drehe mich mit einem Bild unseres heutigen Opfers zu ihm um.

»Finn Baumanns Beinahe-Frau hat nur noch einen Raum. Dieser ist natürlich nach dem Verlassen von Finn Baumann wieder im Flügel der Frauen.« Er deutet auf die Treppe, die nach unten führt.

Ich habe nicht die Geduld, mich auf seine Hinhaltetaktik einzulassen.

»Ich fragte, wer das ist? Ich kann auch die Mitglieder befragen.«

»Natürlich. Und alle werden ihnen die reine Wahrheit sagen. Denn das ist Gebot unseres Glaubens.«

Es interessiert mich nicht, ob das das Motto der Gruppe ist. Ich will wissen, wer das Opfer war.

»Die Person ist leider nicht mehr Mitglied in unserer Gemeinschaft. Er hat sich entschieden, uns zu verlassen.«

»Das glauben Sie doch selber nicht. Er hat uns heute Mittag noch mitgeteilt, dass er hier Mitglied ist. Er wollte uns nicht einmal seinen Namen nennen, aus Angst vor ihnen.«

Ich fürchte, dass mir jeden Moment der Kragen platzt.

»Da wird er ihnen falsche Angaben gemacht haben. Dies ist nicht selten der Fall. Denn man will uns in Verruf bringen.«

»Sie können jemand anderen verarschen und nun nennen Sie mir seinen Namen.«

»Das ist Christian Meyer.« Als sei es ihm unangenehm, über das Mitglied zu sprechen, dreht er sich um und macht Anstalten zu gehen.

»Wo ist seine Frau?« Nun schaltet sich Paula ein und versucht, ihn zurückzuhalten. Doch der Sektenführer reagiert gar nicht auf ihre Worte. Ohne ein Wort zu sagen, geht er die Treppe hinunter.

Leise entweicht mir ein »Arschloch«.

»Das habe ich gehört und das wird Konsequenzen für Sie haben.« Mist, der hat auch Ohren wie ein Luchs.

Aber mir ist das im Moment egal. Ich drehe mich zur nächsten Person um und spreche sie direkt an.

»Wo finde ich die Frau von Herrn Meyer?«

Aber die Frau gibt mir keine Antwort. Dieses »Ich rede mit niemandem vom anderen Geschlecht« scheint hier sehr ernst genommen zu werden.

»Paula, versuch du es bitte.«

Paula erhält sofort die Antwort. Die Frau ist gleich nach dem Verschwinden ihres Mannes, in den Frauentrakt verlegt worden. Hier oben darf niemand wohnen, der keinen Ehepartner oder Verlobten hat und natürlich darf sie auch nur mit anderen Frauen sprechen.

Auf dem Weg nach unten beschließen Paula und ich, dass wir alle zu einem Verhör auf die Wache vorladen werden. Hier in den Räumen werden wir nicht weiterkommen.

Um einundzwanzig Uhr sind wir durch. Paula hat zwar noch einmal versucht, mit der Christian Meyers Ehefrau zu reden, aber ohne Erfolg. Auch sie bestätigt die Aussage des Sektenführers. Ihr Mann sei kein Mitglied mehr. Sie sagt das mit einer kalten und gefühllosen Stimme. Ich bin sehr erstaunt und frage mich, ob man seinen Mann hier nicht liebt? Christian Meyer zumindest schien seine Frau geliebt zu haben. Oder war es nur die Sorge um sie?

Die Kollegen packen den Computer und die Aktenordner ein, die man in einer kleinen Kammer hinter dem Büro des Sektenführers gefunden hat. Obwohl Marc McKenzie uns beim ersten Mal so angefaucht hat, ist er dieses Mal sehr ruhig, fast so als hätte er keine Sorgen, dass wir etwas finden. Doch ich bin mir sicher, dass dies nur eine Fassade ist. Ich hoffe, dass die Spezialisten, die sich morgen alles genau ansehen, noch etwas finden, das uns mehr Handhabe gegen diese Sekte gibt.

14. Kapitel

Martin

Wütend komme ich auf der Wache an. Ich habe noch nie einen Zeugen verloren. Selbst Sport konnte mich nicht von meiner Wut darüber ablenken.

Im Dienstraum werde ich von den Kollegen mitleidig angesehen. Jeder kann mich und meine Gefühle verstehen. Doch ich habe keine Lust, darüber zu reden, was meine Kollegen auch bemerken, denn sie lassen mich in Ruhe.

Das einzig Gute an dem gestrigen Tag war, dass die oberlehrerhafte Frau Langenhagen weder hier auf der Wache war, noch mich angerufen hat. Die hätte mir wirklich noch gefehlt. Während ich diesem Gedanken nachhänge, hole ich meine Benachrichtigungen aus dem Fach.

»Mist, die kann mich doch nicht in Ruhe lassen.« Wutschnaubend lese ich die Nachrichten durch. Insgesamt sind 24 Benachrichtigungen für mich da, alle von Frau Langenhagen. Sie bittet um Rückruf oder sie möchte, dass wir ihr noch einmal ein Gespräch ermöglichen. Nur auf einer war eine Nachricht, dass sie den ehemaligen Schüler gefragt hat, doch er konnte sich nicht mehr erinnern, wo genau er Finn Baumann getroffen hatte.

Meine einzige Hoffnung besteht darin, dass wir bei den beschlagnahmten Computern oder Akten etwas herausfinden werden.

Als ich unseren Raum betrete, sitzt Aurelia schon auf ihrem Platz und arbeitet.

»Bist du aus dem Bett gefallen?«, kann ich mir den Scherz nicht verkneifen. Normalerweise bin immer ich der Erste, der da ist.

»Ich wurde heute Morgen mitgenommen. Da Karsten schon um sechs angefangen hat, musste ich auch früher los. Die Zeit habe ich dann genutzt, um herauszufinden, ob ich etwas über die Vernetzung der Sekte finde.« Sie presst die Lippen aufeinander und ich sehe sofort, dass sie nicht erfolgreich war. Wieso muss sie ihre Arbeitszeit an Karsten anpassen? Ich wundere mich zwar darüber, frage aber nicht weiter nach. Jeder sollte seine Privatsphäre haben und die respektiere ich.

»Ich hole mir einen Kaffee. Dann können wir weiter nach den Verbindungen der Sekte suchen.«

Kaum öffne ich die Tür, um mir den Kaffee zu holen, steht Paula vor mir. Sie ist sichtlich erstaunt, dass wir schon alle da sind.

»Ich dachte, ich habe noch einige Minuten, ehe es hier gleich rundgeht.«

Ich muss laut loslachen. Seit Jahren denkt Paula wirklich, sie wäre vor mir im Büro. Aber seitdem wir zusammenarbeiten, ist das noch nie passiert. Es entwickelt sich schon fast zum Running Gag, dass sie immer wieder erstaunt aufblickt.

»Setz dich in Ruhe hin. Ich bringe dir deinen Kaffee mit.«

Ich kenne Paula gut genug, um zu wissen, dass sie erst mal in Ruhe ankommen und ihren Kaffee genießen möchte, während sie sich auf den neuesten Stand bringt, ehe es richtig losgeht.

Doch schon als ich wieder da bin, telefoniert Paula und Aurelia ist wieder in ihre Unterlagen zur Sekte vertieft.

»Gut, dann werden wir gegen zwölf bei Ihnen sein.« Mit diesen Worten legt Paula auf. Sie sieht meinen fragenden Blick. Mit einem Lächeln, das mir wohl sagen soll, ›Hey es geht vorwärts‹, klärt sie mich auf.

»Das war die Klinik. Sie glauben, dass wir heute Mittag ein paar Minuten mit Finn Baumann sprechen können, ohne dass es zu einem Zusammenbruch kommen sollte.«

Auch ich empfinde es als einen kleinen Hoffnungsschimmer in dem ganzen Mist, der sich vor uns auftürmt.

»Ich habe hier etwas zu Ben McKenzie gefunden.« Es sieht so aus, als ob Aurelia weiterkommt. Ein wenig blöd komme ich mir schon vor. Die beiden arbeiten und ich stehe einfach mit zwei Tassen Kaffee in der

Hand im Raum. Es erinnert mich ein wenig an die Szene in »Dirty Dancing«, als Baby eine Wassermelone in den Tanzschuppen trug und das erste Mal auf Jonny traf. Nur, dass ich keine Wassermelone trage.

»Wartet mal eine Sekunde. Ich fahre meinen PC hoch und checke, ob ich vielleicht auch wichtige Informationen zu dem Fall vorliegen habe. Eventuell hat die Spurensicherung noch etwas gefunden. Dieser Scharfschütze muss doch irgendetwas hinterlassen haben. Es ist gerade mal zwanzig vor acht und ihr klotzt beide schon ran. Lasst mich wenigstens so tun, als würde ich arbeiten.«

Beide Frauen müssen laut auflachen, denn auch sie erkennen die Komik der Situation.

Oh mein Gott, bin ich genervt. Das kenne ich kaum von mir.

Einige Sekunden später, während der Rechner hochfährt, merke ich allmählich, dass sich meine Laune bessert. Mit diesem Team können wir es schaffen.

»Nun geht's weiter. Was habt ihr rausgefunden?« Gespielt fröhlich schaue ich die beiden an.

»Ben McKenzie ist tatsächlich der Bruder von Marc McKenzie, wie unser Opfer gestern erzählte. Er ist nicht nur Mitglied der Sekte, sondern – und nun haltet euch fest – er ist außerdem Anwalt. Er vertritt die Sekte in allen Rechtsfragen, aber er hat auch eine gut laufende Anwaltskanzlei. In vielen sozialen Projekten, in denen es um Kinder und Jugendliche geht, ist er in den Vorständen und es wird gemunkelt, dass er gute Kontakte zu Behörden hat, die für Kinder und Jugendliche zuständig sind.«

Das ist mal eine Nachricht. Wie kommt es, dass er einen derartigen Einfluss hat?

»Die McKenzies sind Multi-Millionäre und kommen aus Texas. Die Eltern der beiden, die anscheinend im Ölgeschäft tätig waren, haben ihnen ein Vermögen hinterlassen. Damit können sie viele Jahre leben, ohne dass sie auch nur einen Finger krumm machen müssen. Sie leben wahrscheinlich allein von den Zinsen ihres Vermögens.«

Das erklärt, wieso die Organisation in so einer pompösen Villa leben kann. Ob die Mitglieder das wissen? Denn wird dort nicht gelehrt, dass niemand in der Sekte Privateigentum haben darf?

Plötzlich blinkt mein PC. Ein Seitenblick sagt mir, dass uns die Spurensicherung eine Nachricht gesendet hat. Paula hat die gleiche Nachricht in ihr E-Mail-Postfach bekommen, denn auch sie schaut sofort auf ihren Bildschirm. Die Hoffnung dominiert, dass wir mehr über die Tatwaffe herausfinden.

»Sie haben ein Projektil auf dem Dach des Hauses gefunden, von dem aus der Täter geschossen haben muss.« Noch ehe ich die Mail geöffnet habe, beginnt Paula zu erzählen.

Ich schaue Paula an und hoffe, dass sie auch das Kaliber herausgefunden haben.

»Es ist ein 12,7-mal 99 mm NATO.«

Mit großen Augen schaut sie mich an. Das ist ein Kaliber für Scharfschützengewehre. Der Schütze dürfte gut ausgebildet sein. Das kann zu einer Gefahr für uns alle werden. Wir werden keine Einsätze mehr ohne unsere Schutzkleidung machen.

»Ja, damit nimmt das Ganze eine Brisanz an, die wir nicht unterschätzen dürfen.«, sage ich.

Aurelia schaut uns verständnislos an. »Was bedeuten die Zahlen?«

Ich habe vergessen, dass Aurelia Psychologie-Studentin ist und damit keine oder wenn nur wenig Wissen in diesen Bereichen haben kann. Sie hat sich wirklich erstaunlich schnell im Team integriert.

»Das ist Spezialmunition für Scharfschützen. Derjenige, der damit geschossen hat, muss es illegal erworben haben, denn man kann es nicht einfach kaufen. Nur in den NATO-Armeen wird man darin ausgebildet.«

Sie nickt und wendet sich sofort wieder ihrem PC zu. Ich frage mich, warum sie so viel damit arbeitet.

Schon in ihre Suche vertieft, erklärt sie: »Ich werde nachprüfen, ob jemand von den Mitgliedern, die wir gestern vor Ort getroffen haben, einen Waffenschein hat.«

Auch Paula vertieft sich sofort wieder in ihre Arbeit. »Ich werde schauen, ob einer von ihnen beim Militär war. Ich werde speziell die beiden Führer der Sekte genauer unter die Lupe nehmen.«

Ich bin mir sicher, dass der Täter mehr als nur einen Waffenschein haben muss. Der Schuss war zu genau und ich gehe davon aus, dass derjenige eine militärische Ausbildung erhalten hat.

»Ich werde einen Freund auf das Darknet ansetzen. Wenn diese Waffe legal nicht erwerbbar ist, dann vielleicht über das Darknet. Da bekommt man ja alles.«

Aurelia hat recht. Dort ist die Wahrscheinlichkeit am höchsten. Aber bis wir jemanden von den Computerspezialisten für unseren Fall zur Unterstützung bekommen können, kann es lange dauern. Vielleicht sogar zu lange.

Still sitzen wir an unseren Aufgaben und die Zeit verrinnt schnell. Erst als ich auf die Uhr schaue, stelle ich fest, dass wir uns auf den Weg ins Krankenhaus machen müssen. Ich ärgere mich, dass ich nicht vorher etwas gegessen habe, denn mein Magen knurrt laut. Doch essen muss jetzt erst mal warten.

»Wir müssen los, Finn Baumann wartet auf uns«, sage ich.

Verdattert blicken die beiden anderen auf die Uhr und sind erstaunt, dass es schon so spät ist. Beim Aufstehen fällt mir erneut die Nachrichtennotiz der Lehrerin ins Auge. Da wird uns Frau Langenhagen mit Sicherheit den Kopf abreißen, denn obwohl sie gestern so oft angerufen hat, sehe ich keine Notwendigkeit, mich bei ihr zu melden. Auch wenn eine leise Stimme mir immer wieder zuflüstert: »Ach komm, so schlimm ist sie doch auch wieder nicht.«

Doch ich beschließe, dass ich derzeit andere Prioritäten habe.

15. Kapitel

Martin

Kaum haben wir den Flur der Station betreten, kommt uns ein junger Arzt entgegen. Aufgeregt fängt er uns ab. Anscheinend hat er es auf seiner Station noch nicht so oft mit der Polizei zu tun gehabt.

»Moin. Herr Baumann hat sich auf sein Zimmer zurückgezogen.« Wir können gerade noch den Gruß erwidern, als er bereits weiterspricht. »Wenn Sie möchten, bringe ich ihn in den Visiteraum. Dort können Sie dann in Ruhe mit ihm sprechen. Ich werde aber dabei bleiben, Herr Baumann ist noch nicht so stabil, dass ich ihn mit ihnen allein lassen kann.«

Gemütlich würde ich den Raum, den wir betreten, nicht nennen, wenn ich bedenke, dass hier Menschen ihre Sorgen und Ängste mit dem Arzt besprechen sollen. An den Wänden hängen zwar Bilder von irgendwelchen Blumen, aber die Tische sind aus Plastik und die Stühle sind in Grau gehalten. Der Teppichboden hätte dringend eine Reinigung gebraucht. Der Geruch, der ihm entsteigt, erinnert mich an Schweißfüße. Ehe ich noch überlegen kann, ob es nicht besser wäre, auf einem Stuhl zu sitzen, der kein Polster hat, kommt Finn Baumann in den Raum. Er sieht noch dünner aus als vor zwei Tagen. Seine Augen liegen tief in den Höhlen. Aber ansonsten wirkt er gepflegter. Offensichtlich hat er geduscht. Außerdem trägt er neue Kleidung, die vermutlich nicht seine eigene ist, denn sie schlackert an seinem Körper.

»Herr Baumann, Sie erinnern sich noch an die Polizisten, bei denen Sie ihr Geständnis abgelegt hatten?« Die Stimme des Psychiaters ist noch leiser, sodass ich mich richtig anstrengen muss, um ihn zu hören.

»Ja, danke. Das ist das Einzige, woran ich mich aus den letzten Tagen noch erinnere.« Vorsichtig, so als hätte er Angst, den Stuhl nicht zu treffen, setzt er sich hin. Seine Hände zittern und er schiebt sie unter seine Beine. Damit sieht er noch kleiner aus als vorher.

»Herr Baumann, danke, dass Sie mit uns reden«, spricht Paulas ihn mit ihrer sanftmütigen Stimme an.

»Bitte, sagen Sie mir: Haben Sie meine Mutter gefunden?« Es scheint seine einzige Sorge zu sein, dass wir seine Mutter finden. Er braucht die Gewissheit, dass er nicht irre ist. Ich kann ihn verstehen.

»Nein, leider nicht. Wir sind uns aber mittlerweile in einer Sache sicher …«

Paula bricht ab und überlegt, wie sie ihm am besten erklärt, dass seine Mutter definitiv nicht dort umgebracht worden sein kann, wo er es beschrieben hat. Auch mir fallen nicht die richtigen Worte ein, um es schonend genug zu sagen und ihn nicht noch mehr zu belasten.

Finn Baumann schaut sie neugierig, aber doch ängstlich, an. Anscheinend hofft er, dass Paula ihm endlich etwas über seine Erinnerungslücke erzählen kann. Ich kann ihn gut verstehen. Hätte ich Gedächtnislücken, würde ich hochgradig aggressiv werden und das Einzige, woran er sich sicher erinnert, ist auch noch offensichtlich falsch.

»Die Spurensicherung hat festgestellt, dass ihre Mutter nicht auf dem Sessel getötet wurde. Sie haben zwar eine riesige Blutlache gefunden, genau da, wo Sie es beschrieben haben. Aber der Fleck passt nicht zu dem, was Sie ausgesagt haben.«

Finn Baumann sackt in sich zusammen, seine Schultern hängen nach vorn, die Hände, auf denen er eben noch saß, fallen seitlich herunter. Der Psychiater, der neben ihm gesessen hat, steht auf und stellt sich neben ihn, denn auch er scheint zu befürchten, dass Finn seitlich vom Stuhl fallen könnte.

Mit einem Blick in Richtung des Psychiaters spricht der junge Mann sehr zaghaft und ich spüre mit jedem Wort seine Angst.

»Bin ich völlig verrückt?« Aber der Arzt schüttelt den Kopf.

»Nein, das glaube ich nicht. Ich gehe davon aus, dass ihnen etwas Schreckliches passiert ist. Dann beginnt die Psyche damit, sich irgendwelche Geschichten auszudenken. Sie will Sie schützen. Wir müssen nun herausfinden, was ihnen passiert ist.«

Die wenigen Worten des Arztes wirken beruhigend auf Finn Baumann, denn mit kräftigerer Stimme spricht er mich wieder direkt an: »Haben Sie noch mehr herausgefunden?«

Sein Blick geht nie zu Paula oder Aurelia, dafür fixiert er mich. Auch an ihm erkenne ich klar, wie stark der Einfluss der Sekte auf seine Mitglieder ist. Denn obwohl er nicht mehr bei ihnen ist, kann er dieses Verhalten nicht abstellen.

»Ja, wir haben herausgefunden, dass Sie in den letzten zwei Jahren der Gemeinschaft der inneren Weisheit angehört haben.« Ich höre ein Röcheln, und sehe ein unkontrolliertes Zucken bei Finn Baumann. Er rutscht vom Stuhl und zuckt wie wild auf dem Boden. Es sieht aus wie ein epileptischer Anfall. Schnell ziehen wir alle Tische und Stühle weg, damit er sich nicht verletzt. Glücklicherweise geht der Anfall genauso schnell wieder vorbei, wie er begonnen hat.

Langsam kommt er wieder zu Atem. Der Arzt schaut uns an und wir gehen davon aus, dass die Befragung hiermit zu Ende ist. Vorsichtig helfe ich Finn Baumann beim Aufstehen. Er ist zwar noch leicht zitterig, kann aber wieder eigenständig stehen. Ziemlich zäh der Mann.

»Herr Baumann, wir kommen morgen wieder.« Doch er unterbricht Paula sofort.

»Nein, es geht wieder. Ich will weiterreden.« Zusammengekniffene Augen unterstreichen seine Worte.

»Aber dann nur auf ihrem Zimmer in ihrem Bett, Herr Baumann.«

Der Arzt merkt, dass er seinen Patienten nicht davon abhalten kann, weiter mit uns zu reden, aber die Sorge um seine Gesundheit überwiegt.

Kopfschüttelnd erwidert Finn Baumann sofort: »Nein, das wird nicht wieder passieren.«

»Darüber lasse ich nicht mit mir diskutieren, Herr Baumann. Ihre Gesundheit ist wichtiger als alles andere. »

»Grrmpf«, knurrt Finn Baumann, geht aber dennoch langsam mit dem Arzt in Richtung Tür.

Während die beiden gehen, dreht sich der Arzt zu uns um. Mit einem freundlichen Lächeln meint er nur:

»Die Damen und der Herr werden kurz einen Kaffee in der Cafeteria trinken. Herr Baumann, wir werden bei ihnen Blutdruck messen und ihnen ein ganz leichtes Beruhigungsmittel geben. Davon werden Sie nicht einschlafen, aber die Belastung für Sie wird gemindert.«

Nickend antwortet Paula, um Finn Baumann zu beruhigen.

»Das ist eine gute Idee. Ich denke, das wird uns nach diesem kleinen Schock allen guttun.«

Im Café setzen wir uns mit unseren Getränken an einem Tisch, etwas abseits von den anderen Besuchern.

»Das war nicht gespielt.« Paula schaut mir mit einer Tasse Kaffee in der Hand in die Augen. Sie kennt mich normalerweise als den größten Skeptiker, doch ich muss ihr Recht geben. Das, was ich da oben gesehen habe, es war real und bedarf deswegen auch nicht vieler Worte. Nickend stimme ich ihr zu.

»Habt ihr öfters solche Fälle?« Das erste Mal schaltet sich Aurelia ein. Ihre Augen drücken Traurigkeit aus. Der Fall nimmt sie wohl mehr mit, als sie zugeben würde. Sie hat die besten Voraussetzungen als Polizeipsychologin. Sie hat Biss, weiß genau, wann sie sich zurücknehmen muss und wann sie sich einbringen kann. Doch sie ist noch zu emotionell dabei, hält zu wenig Distanz, und sie muss lernen, sich abzugrenzen. Nur hier und jetzt ist nicht der Platz, um das mit ihr zu besprechen.

»Oh nein, das ist sehr selten, dass so etwas passiert. Natürlich haben wir immer wieder Menschen, die sagen, dass sie sich an die Tat nicht mehr erinnern oder die alles abstreiten. Doch das jemand kommt und gesteht, aber davor einen Filmriss hatte, nein, das ist eher selten.« Aufmunternd lächle ich sie an.

Die Minuten ziehen sich wie Kaugummi dahin. Die Frauen haben sich Zeitschriften aus einem Ständer geholt, um sich etwas abzulenken.

Endlich surrt es in meiner Jacke. Es klingt wie eine Befreiungsmelodie in meinen Ohren. Auf dem Display erkenne ich, dass es die Nummer des Arztes ist. Noch während ich das Gespräch annehme, stehe ich erleichtert auf und lasse den Arzt gar nicht erst groß zu Wort kommen. »Ja, wir kommen hoch.« Eine Antwort ist überflüssig und ich lege schon beim Aufstehen auf.

»Die Pflicht ruft.« Mit viel Schwung stehen sie auf und legen die Zeitungen weg.

Auf der Station empfängt uns der Arzt gleich vor dem Dienstzimmer.

»Ich möchte ausdrücklich davor warnen, die Befragung weiterzuführen. Dieser Anfall zeigt uns, dass er eine massive Blockade hat. Auch wenn wir ihm ein Beruhigungsmittel gegeben haben, ist meine Befürchtung, dass er wieder krampfen könnte.«

Er schaut mir fest in die Augen und ich habe das Gefühl, als würde er mich prüfen wollen.

Ich fixiere ihn mit meinem Blick. »Es war nicht mein ausdrücklicher Wunsch, dass wir heute das Gespräch fortsetzen, sondern der von Herrn Baumann.«

Er hustet und antwortet dann mit heiserer Stimme: »Sollte ich Anzeichen wahrnehmen, dass dies noch einmal passieren könnte, werde ich die Befragung sofort stoppen. Haben Sie mich verstanden?«

Zuckersüß und mit einem Lächeln schaue ich ihn an. »Aber natürlich, Sie haben das Sagen, Herr Doktor.«

Im sogenannten ›geschützten Bereich‹ fühle ich mich immer ein wenig wie im Gefängnis. Die Tür klappt hinter einem zu und man kann ihn nur verlassen, wenn ein Pfleger oder ein Arzt die Tür wieder öffnet. Es riecht äußerst unangenehm. Finn Baumann' Raum ist hell erleuchtet, die Jalousien sind heraufgezogen.

»Wie geht es ihnen?« Paula setzt sich an Finns Bett, während Aurelia und ich an dem weiter entfernten Tisch Platz nehmen. Ich kann so die Mimik des Verdächtigen gut beobachten. Seine Augen sind trüb, seine Lippen hängen herunter. Er ähnelt jemanden, der einen Schlaganfall erlitten hat, doch kaum beginnt er zu reden, merkt man den Grund.

»Danke, gut.« Seine Stimme ist leicht lallend, was auf das Medikament zurückzuführen ist. Aber seine Augen sind fest auf Paula gerichtet. Ich werte es als Fortschritt, dass er eine Frau direkt anspricht.

Paula möchte ihn wohl nicht länger als nötig auf die Folter spannen.

»Wissen Sie etwas über die Gemeinschaft?« Ich beobachte gespannt, ob er vielleicht wieder beginnt zu krampfen. Aber das Medikament zeigt seine Wirkung.

»Nein, leider sagt mir der Name überhaupt nichts. Wieso?«

In kurzen Worten erklärt Paula, dass wir den Zettel in seiner Geldbörse gefunden und auch schon mit dem Sektenführer gesprochen haben und dass dieser bestätigt hat, Finn sei Mitglied der Sekte gewesen.

»Aber müsste ich mich nicht daran erinnern?« Wieder ist ein verzweifelter Unterton in seiner Stimme zu vernehmen. Ich habe Mitgefühl mit ihm. Am liebsten würde ich ihn in den Arm nehmen und sagen: »Wir bekommen ihre Vergangenheit wieder.«

Ich muss mich schütteln, um meine gewohnte Professionalität zurückzugewinnen.

Ein leises Hüsteln ist zu hören, und noch bevor Paula oder ich etwas sagen können, schaltet sich der Psychiater ein.

»Herr Baumann, das kann ganz viele verschiedene Gründe haben. Deshalb sind Sie hier. Wir wollen gemeinsam herausfinden, was genau das Problem ist. Wir werden alles daransetzen, dass ihre Erinnerung so schnell wie möglich wieder zurückkommt.«

Wir müssen aber zuerst die Befragung fortsetzen. Deshalb sage ich: »Herr Baumann, zwei Fragen haben wir da noch.«

Sofort verzieht sich Finn Baumann Gesicht ängstlich.

»Eines der Mitglieder der Sekte erzählte uns, dass er Sie beobachtet hätte, als Sie nach der offiziellen Nachtruhe auf dem Flur unterwegs waren. Dies soll er einem höhergestellten Mitglied der Sekte erzählt haben. Können Sie sich daran erinnern?«

Eine steile Falte bildet sich auf Finn Baumann Stirn, seine Hände beginnen zu zittern. Es sieht aus, als würde er über etwas nachdenken, was ihn in Panik versetzt.

»Nein, ich erinnere mich nicht ….« Er bricht mitten im Satz ab. Wie wild schaut er sich nach dem Psychiater um.

»Herr Baumann, soll ich es den Polizisten erzählen?« Der Arzt spricht ihn freundlich, aber doch bestimmt an.

Nicken, wildes Nicken ist die Antwort auf die Frage.

»Herr Baumann konnte in den beiden Nächten, die er schon bei uns ist, schlecht schlafen. Er hat immer wieder von einem Flur geträumt, den er entlanggegangen ist. Er fühlte sich verfolgt, aber er konnte nicht sagen, was ihn den Flur entlang getrieben hat. Als er die Tür, zu der er wollte, irgendwann erreicht hat, hat er sich stark die Hand am Griff verbrannt und ist dann wach geworden.«

Albträume hat wohl jeder manchmal, aber immer wieder denselben?

»Wissen Sie, wie der Flur aussah?« Paulas Stimme ist einfühlsam und doch geradlinig.

»Dunkel, sehr dunkel. Am Ende hängt eine einzelne Glühbirne in einer Fassung. An den Seiten stehen meterhoch Kisten, hinter denen ich mich versteckt habe, als ich dachte, ich hätte Schritte gehört.«

Sein Zittern wird immer stärker. Paula steht auf und auch ich denke, es ist besser, wir beenden das Gespräch.

»Danke, dass Sie es versucht haben. Bitte, wenn Sie sich an irgendetwas erinnern, dann sagen Sie bitte uns oder ihrem Arzt Bescheid.«

Finn Baumann setzt sich in seinem Bett auf.

»Warten Sie! Sie meinten, Sie hätten zwei Fragen. Was ist die andere?«

»Herr Baumann, wir haben eine uns noch unbekannte Substanz in Ihrem Blut gefunden. Wissen Sie, ob Sie jemals Drogen zu sich genommen haben?«

»Ich kann ihnen nur sagen, dass ich in der Zeit, an die ich mich noch erinnere, keine genommen habe. Aber was für eine Substanz ist das?«

Wie abgesprochen zucken Paula und ich mit den Schultern. »Das wissen wir eben noch nicht. Wir hatten die Hoffnung, dass Sie etwas wissen.«

»Sie müssen wissen, dass dies auch ein Medikament gewesen sein könnte. Haben Sie jemals Medikamente gegen irgendwelche Krankheiten nehmen müssen?« Der Psychiater versucht, es positiv zu formulieren, damit Finn Baumann nicht noch glaubt, dass er ein drogensüchtiges Sektenmitglied ist.

Er hat recht. Natürlich könnten es auch Medikamente sein, aber das hätte das Labor sicher schon herausgefunden.

»Herr Baumann, ruhen Sie sich aus. Sobald Erinnerungen kommen, melden Sie sich bitte.«

Ein Blick auf den Mann zeigt mir, wie verstört er ist. Seine Augen sind starr, sein Körper liegt matt im Bett. Ich möchte nicht mit ihm tauschen. Leise verlassen wir den Raum. Schon beim Rausgehen sehe ich, dass die Medikamente, die er vorher bekommen hat, ihre Wirkung entwickeln. Seine Augen fallen zu. Vielleicht schläft er einmal durch und kann sich dann besser auf das konzentrieren, was wir von ihm zu erfahren hoffen.

16. Kapitel

Martin

»Irgendwie hatte ich doch erhofft, dass wir weiterkommen.« Paula schaut genervt in die Runde. Ich kann ihr nur beipflichten.

»Hm, ich kann euch da nicht zustimmen, ich finde wir haben doch etwas herausgefunden.«

Wir beide schauen Aurelia entgeistert an. Dass sie eine Optimistin ist, war uns ja klar. Aber aus der Tatsache, dass wir nichts rausbekommen haben, noch etwas Positives zu sehen, fällt uns schwer zu verstehen.

»Aurelia, bist du dir sicher, dass du das wirklich ernst meinst? Schließlich konnte uns der Mann nichts anderes sagen, als das, was wir schon wussten«, widerspreche ich.

Auf ihrem Gesicht breitet sich ein Lächeln aus.

»Ach Martin, schau mal, in der Psychologie sind Träume sehr wichtig. Sigmund Freud ist dir bestimmt ein Begriff. Er hat diesen Zweig der Psychologie weit nach vorne gebracht.« Natürlich sagt mir Freud etwas. Es gibt doch niemanden im deutschsprachigen Bereich, der nicht schon mal was vom Freud'schen Versprecher gehört hat.

»Auf jeden Fall gehen wir Psychologen davon aus, dass jeder Traum, an den man sich erinnert, so wichtig ist, dass man ihn einer Analyse unterziehen kann.«

Ich kann ein Lachen nicht mehr unterdrücken. Wenn das so wäre, dann müsste man mich jeden Tag analysieren, denn ich träume sehr intensiv. Ex-Freundinnen meinten sogar, dass ich dabei laut schimpfen würde, fast wie ein Waschweib.

»Ja, auch diese Träume, an die du bestimmt denkst, sind ein wichtiges Erlebnis bei dir gewesen und sollten, wenn sie immer wiederkehren, analysiert werden.«

Da ich keine Lust habe, dass mein Leben im Detail betrachtet wird, schweige ich lieber. Aurelias Lächeln wird breiter. Ich sehe ihr genau an, dass sie weiß, wieso ich schweige.

»Aber wenn ich das so richtig verstehe, dann sind die Träume derzeit so oder so im Fokus der Behandlung. Also müssen wir uns darüber keine weiteren Gedanken machen. Über kurz oder lang wird da etwas hochkommen, gerade weil die Träume jetzt schon sehr detailliert sind.«

»Dein Wort in Gottes Gehörgang.« Selbst Paula, die sonst immer optimistisch ist, bleibt skeptisch.

»Wieso grinst du denn auf einmal?« Paula unterbricht mich in meinen Gedanken. »Irgendwas heckst du doch aus, oder?« Mein Grinsen wird noch breiter.

»Nein, ich hecke nichts aus.« Ich kann ein Lachen schon nicht mehr unterdrücken.

»Aber weißt du was?« Schon der Blick in Paulas Gesicht sagt mir, dass sie überhaupt keine Lust auf Spiele hat. Ihre Augenbrauen sind hochgezogen und ihr Mund verkniffen. Ich würde es am liebsten weiter hinauszögern. Warum, weiß ich auch nicht genau, denn normalerweise mache ich es nicht. Doch ich will auch keinen Streit mit ihr anzetteln.

»Wir haben heute die Langenhagen erneut nicht gesehen. Ihr lehrerhaftes Getue geht mir so auf den Senkel.« Aus Übermut imitiere ich ihre lehrerhafte Stimme.

»Ich kann Ihnen nur dreißig Minuten meiner kostbaren Zeit opfern. Danach muss ich wieder zu meinem Mündel. Also beeilen Sie sich gefälligst ein wenig.« Kaum spreche ich das aus, werden Paula und Aurelia blass und ehe ich ihre Stimme höre, weiß ich genau, dass Frau Langenhagen hinter mir steht.

»Ahäm.« Sofort schrillen in mir die Alarmglocken.

Ich drehe mich bewusst langsam um, denn ich weiß, was auf mich zukommt.

»Ich gehe ihnen also auf die Nerven?«, wettert sie los.

»Also…«, versuche ich zu erklären, aber sie lässt mich nicht aussprechen.

»Lehrerhaftes Getue? So nennen sie mein Verhalten?« Wieder versuche ich, mich zu entschuldigen, doch ohne Erfolg.

»Immerhin kümmere ich mich um meinen Mündel. Was ist mit ihnen? Sie rufen noch nicht einmal zurück.«

»Frau Langenhagen …« Selbst wenn ich eindringlicher spreche, was normalerweise immer sehr gut wirkt, dringe ich nicht zu ihr durch.

»Sie haben wahrscheinlich nichts anderes gemacht, als den ganzen Tag an einem Schreibtisch zu sitzen und Theorien darüber zu entwickeln, was Finn vielleicht getan haben könnte.«

»Entschuldigen Sie, Frau Langenhagen …«, versucht Paula zu vermitteln, was aber ebenfalls erfolglos ist.

»Mir ist es egal, was Sie sagen wollen. Ich wünsche ihnen einen weiterhin geruhsamen Tag.« Mit diesen Worten rauscht sie ab, ohne dass wir die Chance hatten, uns dazu zu äußern.

»Martin, du hast uns ja schon hin und wieder in beschissene Situationen gebracht, aber das hier ist, glaube ich, für uns eine der schlimmsten.« Paula schaut mich mit ihren großen Augen an.

»Ach komm, das renkt sich wieder ein. Das wird sie später schon verstehen und wir sind ja nicht gegen sie oder ihren Schützling, ganz im Gegenteil. Wir sind in Wirklichkeit alle auf ein und derselben Seite.«

»Glaubst du denn, dass sie noch mit uns zusammenarbeiten wird nach diesem Mist, den du gebaut hast? Ich würde es an ihrer Stelle nicht tun.«

»Grrr, Paula, ich kann es doch nun wirklich nicht mehr ändern, oder?« Ich schaue sie ernst an. Sie muss doch genau wie ich wissen, dass das passiert ist und mir leidtut. Aber ich kann es nicht mehr ungeschehen machen.

»Martin, ich denke, du solltest noch mal zu ihr gehen und dich entschuldigen«, schlägt Aurelia vor.

Nein! Das, was sie da verlangt, ist eindeutig zu viel.

»Ach komm, die wird sich wieder beruhigen. Wir sollten zurück zur Wache. Es ist schon spät.«

Verwundert schaut mich Paula an. »Martin, du bist doch sonst nicht so. Was ist denn los?«

Ich weiß es selber nicht, aber ich habe keine Lust, jetzt noch lange darüber mit ihr zu diskutieren.

Nach der Schicht ertappe ich mich dabei, wie ich die Adresse von Maren Langenhagen aus der Akte abschreibe. Immer wieder rede ich mir ein, dass es nur dazu da ist, damit ich sie habe, wenn etwas passieren würde.

17. Kapitel

Martin

Wieso bin ich jetzt am Oortkatener See? Ich wollte doch nach Hause und dann ins Fitnessstudio. Nicht weit weg von hier wohnt doch die Langenhagen. Ich bin hin und her gerissen, ob ich vielleicht doch zu ihr hinfahren und mich entschuldigen sollte. Klar, es war vielleicht doch zu heftig, was ich gesagt hatte, doch auch sie muss verstehen, dass wir alle unter Stress stehen.

»Na, Herr Phillips schleichen Sie mir hinterher?«, reißt mich ihre Stimme aus meinen Gedanken. Sofort stellen sich meine Nackenhaare auf. Immer wieder kommt sie auf leisen Sohlen von hinten.

»Frau Langenhagen, schön Sie zu sehen.« Ich setze mein freundlichstes Lächeln auf, während ich mich umdrehe.

Doch sie schnaubt nur und ganz trocken antwortet sie mir: »Meinen Sie das wirklich ernst? Immerhin bin ich doch eine Nervensäge, die Ihnen mit ihrer oberlehrerhaften Art auf die Senkel geht.« So wie sie die Wörter ausspricht, hört sich jedes Wort wie eine Beleidigung an. Wie kann ich sie nur überzeugen, dass ich es gar nicht so gemeint habe, wie es rübergekommen ist.

»Frau Langenhagen …« Sofort unterbricht sie mich.

»Lassen Sie mich raten, Sie wollen sich entschuldigen. Sie haben ja so einen Stress gehabt und natürlich haben Sie es nicht so gemeint.« Jedes Wort fühlt sich wie ein Peitschenhieb an.

»Nein…«

»Genau: Nein.« Sofort unterbricht sie mich wieder und schaut mich mit blitzenden Augen an.

»Nein, es gibt keine Entschuldigung dafür, dass Sie so über mich reden. Haben sie eigentlich eine Ahnung, was ich als Lehrerin alles durchmachen muss?«

Irgendwie finde ich sie ja süß, wenn sie so sauer ist. Ihre Nase kräuselt sich und auf einmal schießt es mir durch den Kopf, dass ich weiß, wieso ich sie als so nervig empfunden habe. Ich würde viel lieber mit ihr einen Kaffee trinken gehen, als mich mit ihr über unseren Fall zu unterhalten.

»Wollen wir einen Kaffee trinken?« Noch ehe ich mir auf die Zunge gebissen habe, rutscht mir der Satz heraus.

»Kaffee?« Sie wirkt verwirrt.

»Ja, einen Kaffee. Sagen wir als Neubeginn.«

»Neubeginn?« Ich muss lachen. Sie schien mir vorher nicht so einsilbig zu sein.

»Ja, wissen Sie, ich finde sie eigentlich nicht nervig oder doof oder sonst etwas, sondern Sie stehen genau wie mein Team und ich so sehr unter Stress, dass es vielleicht eine nette Abwechslung wäre.«

Sie schaut mich an, als wäre ich von allen guten Geistern verlassen.

»Ein Ja würde mir genügen«, ergänze ich.

Ihre Augen sind tiefblau und schauen mich an, als sei ich ein Außerirdischer. Um meine Worte noch mehr zu unterstreichen, fahre ich fort.

»Ich bin Phillip und wenn es für Sie Ok ist, können wir uns gerne duzen.« Ich war zwar schon immer eher forsch, aber so direkt und dann auch bei einer Zeugin, das ist auch für mich ungewöhnlich.

»Maren, ja gerne können wir ein Kaffee trinken gehen.« Ich hätte nicht gedacht, dass sie so schnell umschwenkt. Aus einem vermeintlichen Drachen wird plötzlich eine handzahme Katze.

Der Oortkatener See ist zu dieser Jahreszeit wunderschön. Die ersten Bäume beginnen auszutreiben und die Enten scheinen alles dafür zu tun, dass sie einen Partner finden. Ein Erpel meint es wohl besonders ernst, denn er fliegt seiner Herzdame immer wieder hinterher. Doch die lässt ihn abblitzen. Mein Lächeln wird immer breiter.

»Das ist fast wie bei uns Menschen, oder?« Marens Stimme unterbricht meine Gedanken und ich schaue sie erstaunt an.

»Wie meinst du das?« Doch statt einer Antwort lächelt sie nur besserwisserisch und steuert den kleinen Kiosk am See an.

»Wollen wir hier? Ich meine, das Wetter ist doch schön und wir können weiterhin das Balzverhalten der Tiere beobachten und vielleicht ein wenig lernen.«

Hat sie mich durchschaut?

»Also ich weiß nicht, aber ich glaube kaum, dass ich Hilfe bei der Balz brauche.« Kaum habe ich diesen Satz ausgesprochen, muss ich selber lachen.

»Also Phillip, wenn du ein Tier wärest. Welches wärst du denn gern?«

Da muss ich nicht lange nachdenken.

»Ein Löwe.«

»Also magst du gern einen Harem um dich haben?« Irgendwie geht das Gespräch in eine Richtung, die ich so nicht haben wollte.

»Nein.« Ich fühle mich reichlich missverstanden.

»Sondern?« Sie ist wirklich interessiert.

»Ach, ich dachte… Ich weiß gar nicht, woran ich gedacht habe. Löwe fiel mir als erstes ein. Bist du Biolehrerin?«

Nun lacht sie, ihre Augen bekommen sofort einen anderen Glanz und sie entwickelt eine natürliche Schönheit. All die Strenge, die sie sonst ausstrahlt, ist wie verflogen.

»Nein, ich kann mich nicht mit Bio oder Chemie oder Sonstigem anfreunden. Ich bin Lehrerin für Religion und Gesellschaft.«

Dann wäre mir Bio lieber. Ich konnte noch nie etwas mit Religion anfangen.

Als hätte sie meine Gedanken gelesen, spricht sie weiter.

»Für dieses Fach muss man nicht strenggläubig sein. Religion ist zum Teil auch eine Wissenschaft. Warum viele Menschen ›glauben‹, kann man wissenschaftlich erklären.«

Nun macht sie mich neugierig.

»Nein, wir haben gesagt, nicht geschäftlich, sondern ein Neuanfang. Beim nächsten Treffen.« Uff, sie geht ja noch schneller voran als ich.

»Wieso bist du hierhergekommen?« Sie scheint ein Mensch zu sein, der immer wieder nachhakt.

Hm ja, wieso eigentlich? Um mich zu entschuldigen? Nein, das ist nicht meine Art. Ich könnte jetzt natürlich sagen, um zu joggen, aber ich habe nicht mal Kleidung dafür im Auto. Sie würde das innerhalb von Sekunden durchschauen.

»Ich glaube, ich wollte dich wirklich sehen. Ich weiß nicht, wieso, aber du gehst mir immer seltener aus dem Kopf.«

Sie schaut mich mit ihren unschuldigen Augen an. Um davon abzulenken, denn ich will sie ja auch nicht schocken, spreche ich schnell weiter. »Natürlich auch, um mich zu entschuldigen.«

»Nein, alles gut.« Sie scheint genau zu merken, was in mir vorgeht, denn sie legt mir beruhigend die Hand auf den Arm. Was ein wenig seltsam aussieht, denn sie muss ihn beinahe auf ihrer Brust ablegen um an meinen Oberarm zu kommen. Ihre Brust senkt und hebt sich verführerisch bei jedem Atemzug. Sofort versuche ich, meinen Blick davon zu lösen. Noch nie habe ich mich so gefreut, einen Imbissstand zu sehen. Hoffentlich lenkt er uns ein wenig von dem Thema ab.

»Wie trinkst du deinen Kaffee?« Sofort versuche ich, wieder geschäftsmäßig zu werden.

»Schwarz wie meine Seele.« Ein fröhliches Lachen unterstreicht ihren Witz.

Nachdem ich unsere Kaffees bestellt und bezahlt habe, nehmen wir die Tassen und gehen auf die Slipanlage und setzen uns hin. Normalerweise werden hier Schiffe ins Wasser gelassen, doch heute ist es hier ruhig und wir können uns entspannen. Die Sonne scheint ins Gesicht und von Weitem hört man den einen oder anderen Hundebesitzer mit seinem Tier reden. Ansonsten herrscht eine angenehme Ruhe. Vögel zwitschern, die Enten putzen sich heraus. Obwohl wir uns kaum kennen, ist das Schweigen nicht unangenehm. Erst als der

Besitzer Feierabend macht, erwachen wir aus der Stille. Wir haben nicht einmal gemerkt, dass wir uns an den Händen halten. Schweigend machen wir uns auf den Weg zu ihr. Sie wohnt weniger als einen Kilometer entfernt in einem kleinen Einfamilienhaus.

»Hast du eigentlich einen Mann?« Mir ist bewusst, dass meine Frage vielleicht ein wenig spät kommt, aber bewohnt sie dieses Haus allein?

Sie schüttelt den Kopf und lehnt sich an mich.

»Nein, ich habe das Haus von meinen Eltern geerbt. Sie sind vor vier Jahren verstorben und ich wollte es nie wieder hergeben. Es ist vielleicht ein wenig chaotisch bei mir, aber wenn du Lust hast, kannst du gerne noch mit reinkommen.« Schüchtern und ängstlich, ob ich sie von mir wegstoße, schaut sie mich an.

»Gern.« Ich hoffe nur, dass ich das nicht bereue.

Sie hat nicht übertrieben, als sie meinte, es sei ein wenig chaotisch bei ihr. Überall liegen Bücher rum. Religionsbücher, aber auch Bücher über Staaten und politische Organisationen sind dort überall verstreut. Auf dem Sofa im Wohnzimmer sehe ich ein Buch mit dem Titel: Wie baue ich eine Sekte auf, um sie erfolgreich zu führen.

Seltsames Buch, doch ehe ich weiter darüber nachdenken kann, kommt Maren mit zwei Gläsern Rotwein hinein.

»Ich kann nicht trinken, ich muss noch Auto fahren.« Ein absolutes No-Go für mich. Doch schon schaut sie mich mit koketten Augen an.

»Meinetwegen musst du nicht mehr fahren. Ich habe genug Platz im Haus. Da werden wir schon ein Plätzchen für dich finden.«

Ich erkenne sie kaum wieder. Ohne weiter darüber nachzudenken, nehme ich das Glas und beginne zu trinken.

18. Kapitel

Martin

»Wir sollten uns die Baupläne der Villa holen. Irgendetwas stimmt da nicht«, begrüßt mich Aurelia, die schon mitten bei der Arbeit ist, als ich das Büro betrete.

Ich selber kann noch nicht klar denken. Ich habe zwar auf dem Sofa geschlafen, aber so ohne frische Klamotten und ohne Dusche fühle ich mich unwohl. Ich verstehe nicht, was Aurelia mit ihrer Bemerkung bezwecken will.

»Ich stimme dir zu.« Paula, die heute ausnahmsweise vor mir im Büro ist, da Kai sie heute gefahren hatte, nickt Aurelia zu. Ich stehe auf dem Schlauch und habe keine Ahnung, wovon die Beiden reden, was mit Sicherheit auf meine momentane Verfassung zurückzuführen ist. Ich habe mich bis weit nach Mitternacht mit Maren unterhalten. Wir haben über unsere Berufswahl und unsere Hobbys gesprochen. Außerdem haben wir festgestellt, dass uns klassische Musik verbindet, und haben uns lange über unsere Lieblingsmusiker unterhalten.

Stöhnend dreht sich Paula zu mir. »Du bist ein verdammt guter Polizist, aber ein verdammt schlechter Analytiker.«

»Der Mann dieser Sekte sprach gestern davon, dass der Baumann nachts über den Flur gewandert ist und ihn nach verschwundenen Leuten ausgefragt hat, richtig?«, fragt mich Paula.

Ich hasse ihren Lehrerton, aber ich nicke, damit sie mich nicht noch kleinkindlicher behandelt. »Richtig, hat er.« Ich gebe meiner Stimme so viel Festigkeit wie nur möglich.

»Finn Baumann träumt von einem Flur ohne Fenster, nur mit einer Glühbirne, richtig?«, hakt sie nach.

»Ja, richtig. Und was willst du mir damit sagen?« Ich kann mir einen genervten Unterton nicht mehr verkneifen. Was soll das alles?

»Mensch Martin, du warst doch auf dem Flur der Villa. Der war prächtig, alles edel. Kronleuchter, dunkle Mahagonimöbel. Da war nichts mit Kartons und einer Glühbirne. Das heißt, dieser Flur muss woanders gewesen sein. Aber vermutlich immer noch in der Villa.« Ja, das leuchtet mir ein. Aber was ist, wenn der Flur gar nicht in der Villa ist, sondern einfach nur ein Albtraum? Das hat doch jeder mal. Da wir aber keinen neuen Anhaltspunkt haben, stimme ich zu.

Auf dem Weg zum Bauamt unterhalten sich Aurelia und Paula leise, während ich grüble, wieso ich mich auf dieses Date eingelassen habe.

Glücklicherweise dauert es nicht lange, bis wir die Baupläne einsehen können und die nette Dame im Bauamt uns eine Kopie des Gebäudes mitgibt.

Als wir kurz nach vier auf der Wache ankommen, denken wir, dass wir Feierabend machen können, doch weit gefehlt. Kaum betreten wir den Dienstraum, stürmt uns ein aufgeregter Karsten entgegen.

»Kommt bitte sofort mit.« Eigentlich ist er ein sehr ruhiger und ausgeglichener Chef. Aber wenn er sich so verhält, muss etwas Schlimmes passiert sein.

In seinem Zimmer sitzt ein Mann, der dem Sektenführer sehr ähnlichsieht. Bestimmt dieser Ben McKenzie, von dem wir nun schon einiges gehört haben.

»Macht die Tür zu.« Karstens barscher Ton erstaunt mich. Noch nie habe ich miterlebt, dass er einem Kollegen vor Fremden Befehle erteilt hat.

Leise stellen wir uns um den Tisch.

»Kollegen, das ist Ben McKenzie. Er ist Anwalt der Gemeinschaft der inneren Weisheit. Er hat sich bei mir über euer Benehmen im Rahmen der Durchsuchung und der Befragung von Herrn Marc McKenzie beschwert.«

Karsten sieht meinen fragenden Blick.

»Ihr sollt euch negativ über die Gemeinschaft geäußert und die Religionsfreiheit nicht berücksichtigt haben.« Karstens Stimme ist ernst. Das macht mich besorgter, als wenn er uns anschreien würde. Dabei sind das so 08/15-Vorwürfe, die immer wieder kommen, wenn wir eine Befragung durchführen. Ich lehne mich an die

Wand und Paula setzt sich entspannt auf einen Stuhl an den Tisch. Wieso Karsten so aufgeregt ist, kann ich mir nicht erklären, aber umso gespannter bin ich, wie dieser Anwalt auftritt.

»Ich habe schon ihrem Vorgesetzten gesagt, dass ich dieses Verhalten nicht akzeptieren werde.«

Er hat einen einschlägigen Texasakzent. Ich persönlich finde den ja immer ein wenig witzig, werde mich heute darüber auf keinen Fall lustig machen. Karsten ist schon so ungnädig genug.

»Woran machen Sie das denn fest?« Paula schafft es als Erste, ihre Worte wiederzufinden.

Aber er spricht, genau wie sein Bruder, nicht mit ihr. Dieses Frauenfeindliche geht mir richtig auf die Nerven.

»Herr McKenzie, ich akzeptiere andere Religionen. Aber genau wie ihr Bruder sollten Sie auch die Frauen akzeptieren. Meine Kollegin hat Sie etwas gefragt.«

Aurelia, die sich an die Tür gelehnt hat, beobachtet alles schweigend.

»Ich werde einer Frau keine Antwort geben. Das verbietet mir meine Religion.« Sofort ist seine Stimme aufgebracht. Wie will der eigentlich seinen Job ausüben?

»Eine Religion, die Sie selber kreiert haben. Nicht wahr?« Paulas Stimme überschlägt sich beinahe.

Mich über meine eigene Gelassenheit wundernd, stoße ich mich von der Wand ab und gehe Richtung Tür.

Mit einer kalten und unnachgiebigen Stimme antworte ich ihm nur noch:

»Meine Erziehung verbietet mir, mich weiterhin mit Ihnen zu unterhalten. Schönen Tag noch.«

Karsten steht schweigend am Schreibtisch. Paula und Aurelia folgen mir auf dem Weg nach draußen.

In unserem Büro lasse ich meiner Wut freien Lauf.

»Was ist denn das für ein Idiot?«, schimpfe ich.

Paula hebt nur die Arme und es dauert einige Sekunden, bis sie sich gefasst hat.

»Weißt du, was mich eher verwirrt?« In meinem Ärger würde ich zwar am liebsten antworten ›Nein, woher soll ich das wissen? ‹, kann mich aber glücklicherweise zurückhalten.

Paula antwortet aber auch so, ohne dass ich etwas dazu gesagt habe.

»Wieso hat sich Karsten überhaupt auf diese Diskussion eingelassen? Der muss doch wissen, dass da so einer daherkommen kann und meint, er müsse sich beschweren.«

Sie hat zweifelsohne Recht, aber wir werden darauf wohl keine Antwort erhalten.

»Was mir eher Sorgen bereitet, ist…« Aurelia bricht mitten in ihrem Satz ab und hält die Röhre hoch, in der die Baupläne stecken. Ich hatte sie im Gespräch in der Hand.

»Wieso macht dir das denn Sorgen? Wir schauen sie uns gleich an.« Ich wische ihren Einwand, den sie nicht zu Ende ausgesprochen hatte, mit einer lapidaren Handbewegung beiseite.

Sie packt die Rolle fester und dreht sie so hin, dass ich die Aufschrift sehen kann.

Mist, das habe ich vorher nicht gesehen. Die Dame vom Bauamt hat uns extra noch einmal die Adresse der Villa auf die Röhre geschrieben. Das heißt, wenn der Anwalt nur ein wenig genauer hingesehen haben sollte, dann wird er wissen, dass wir die Villa genauer unter die Lupe nehmen. Egal, was also die Albträume von Finn Baumann verursachen könnte, sie wären in der Lage, das umgehend zu beseitigen. Schnell sehe ich mir die Baupläne näher an.

»Verdammt, das scheint wirklich nur ein Albtraum gewesen zu sein. Im ganzen Haus gibt es keinen Flur, der auch nur annähernd dem entspricht, was Finn Baumann beschrieben hat.«

Aber Paula schüttelt den Kopf.

»Ich glaube das nicht. Wir müssen uns mehr mit dieser Sekte befassen, dann finden wir die Antwort. Wo ist die Gefährtin des Sektenführers hin? Wieso nimmt er sich eigentlich keine Neue?«

»Meinst du, dass noch eine bei dem bleibt? Wie lernen die sich eigentlich kennen, wenn die nicht miteinander reden?«

»Testungsverfahren«, antwortet Aurelia mit zarter Stimme.

Das hört sich unheimlich romantisch an. Soll mir noch mal einer kommen und sagen, ich bin unromantisch. Den schicke ich in diese Sekte.

»Sie testen ihre Eigenschaften und Hobbys, um die beiden dann zusammenzuführen.«

»Ok, dann ist doch nur die Frage, wie wir es schaffen, mehr von dieser Sekte zu erfahren?« Ich bin heute ungeduldig.

»Es gäbe die Möglichkeit der Überwachung oder der Einschleusung. Aber ich vermute, dass beides nicht so leicht zu bewerkstelligen sein wird.«

Paula nickt und wir wissen beide, dass wir heute nichts mehr erreichen werden. Alles Weitere müssen wir auf Morgen verlegen.

19. Kapitel

Finn

Die kleine Birne am Ende des Flures flackert. Mein Herz pocht so laut, dass ich befürchte, dass ich es nicht hören kann, wenn jemand kommt. Aber ich muss es bis zum Ende des Flures schaffen. Keiner darf mich sehen oder hören. Ich lausche. Waren das Schritte oder doch nur ein entferntes Stimmengewirr?

Oben in den Räumen über mir sind viele Menschen, aber ich darf mich nicht ablenken lassen. Ich werde am Ende des Flures gebraucht.

Schritt für Schritt gehe ich leise vorwärts. Endlich bin ich da. Aber welche Tür war es? Drei stehen zur Auswahl. Angstschweiß läuft mir über das Gesicht. Sein Salz brennt auf meiner Haut, die trocken ist, weil ich seit Tagen zu wenig getrunken habe. Ich merke einen Apfel und eine Banane an meinem Bauch. Alles ist in dem kleinen Beutel. Aber wieso habe ich ihn dabei?

»Herr Baumann.« Sie sind da! Sie haben mich doch gefunden.

»Herr Baumann, wachen Sie auf.« Jemand rüttelt an meiner Schulter, aber ich sehe niemanden.

Endlich komme ich zu mir. Ich liege in einem Bett. Ja, stimmt, ich erinnere mich wieder. Ich bin im Krankenhaus. Vorsichtig versuche ich, mich zu orientieren. Ich kann mich kaum bewegen. Panik steigt in mir auf.

»Haben Sie mich festgebunden?« Ich kann meine Arme nicht bewegen und meine Beine fühlen sich an, als wären sie abgestorben.

»Nein, Sie haben so gewühlt, dass ihre Decke sich fest um Sie gewickelt hat. Soll ich ihnen helfen?«, vernehme ich eine freundliche Stimme. Ich schaffe es nicht allein, mich aus der zerwühlten Decke und dem Laken zu befreien.

Nach einigem Gezottel und Gezerre haben wir es geschafft.

»Sie haben wieder schlecht geträumt?« Erst jetzt sehe ich mir meine Helferin genauer an. Es ist die Nachtschwester, die sich mir vor dem Einschlafen vorgestellt hatte.

Ich nicke nur und merke, dass ich Durst habe. Mein Blick wandert durch den Raum, aber mein Becher, den mir die Schwestern oder Pfleger immer wieder auffüllen müssen, ist leer.

»Ich möchte gerne etwas trinken.«

Sofort springt die Frau auf. Ich weiß nicht, ob sie mir ihren Namen genannt hat. Wenn ja, dann habe ich ihn vergessen. Es macht mich wahnsinnig, dass ich alles vergesse.

Einige Minuten später ist sie mit einer Flasche Selters wieder da.

»Die Flasche muss ich leider wieder mitnehmen, aber jetzt haben Sie erst einmal genug zu trinken.« Nachdem sie mir in meinen Becher eingeschenkt hat, trinke ich diesen gierig mit einem Zug aus. Schweigend füllt sie ihn nach. Auch den kippe ich herunter, ohne ein Wort zu sagen.

»Wann haben Sie zuletzt getrunken?« Sie schaut mich mit besorgtem Blick an, füllt mir aber noch einmal den Becher voll. Damit ist die Flasche auch schon leer. Ob ich etwas nachbekomme?

Leise antworte ich ihr. »Bevor ich schlafen war, hat man mir den Becher aufgefüllt.«

»War ihr Traum so schlimm?« Sie schaut mich neugierig an.

War er das? Was kann an so einem Flur schon schlimm sein? Ich weiß es nicht.

»Sie können gern darüber reden.« Sie will es offenbar wirklich wissen. Aber wirke ich damit nicht irre? Und wer weiß, ob ich hier jemals wieder rauskomme, wenn ich ihr das erzähle.

Kann sie Gedanken lesen? Denn leise lachend meint sie: »Machen Sie sich keine Sorgen. Wir werden Sie hier nicht wegen eines Traumes länger als nötig dabehalten. Vielleicht hilft es aber, wenn Sie darüber reden.«

»Ich war wieder in diesem Flur«, beginne ich und breche gleich wieder ab. Weiß sie eigentlich von meinen Träumen? Reden die Pfleger hier miteinander?

»War es wie gestern, dass er lang war und am Ende die Glühbirne?« Sie merkt, dass ich stocke und will mir wohl helfen, indem sie nachfragt.

»Ja, aber ich hatte dieses Mal einen Beutel dabei.« Ich glaube, den hatte ich in dem gestrigen Traum nicht mit, oder? Ich weiß es gar nicht mehr. Der andere Traum ist so verschwommen. Nur noch die Schmerzen der Verbrennung sind in meinem Kopf verankert.

»Wissen Sie, was in dem Beutel ist?«

»Essen, genauer gesagt Obst. Es fühlte sich nicht so an, als wäre es für mich, sondern für jemand anderem. Aber ich weiß nicht, wieso oder für wen.« Ich will nicht mehr weiterreden. Es ist zu schmerzhaft und ich will diesen Traum nur noch vergessen.

Glücklicherweise merkt auch die Schwester, dass ich nicht mehr reden möchte, und verlässt leise den Raum. Ein Blick nach draußen sagt mir, dass es noch Nacht ist. Aber die Angst vor dem Einschlafen ist zu groß. Also greife ich zu dem Buch von Stephen King. Es ist wirklich aufregend, aber ich kann mich damit wunderbar ablenken. Innerhalb kürzester Zeit habe ich den Albtraum verdrängt.

20. Kapitel

Martin

Nachdem wir gestern wieder nicht weitergekommen sind, freue ich mich auf das Treffen mit Maren. Wir wollen gemeinsam etwas in Altona unternehmen. Ich hoffe, dass wir uns zur Strandperle aufmachen. Das Wetter ist wunderbar und bei diesem Fall würde ich gerne abschalten.

Damit niemand mitbekommt, dass ich mich mit einer Zeugin treffe, haben wir vereinbart, uns am Rathaus Altona zu treffen, einem wunderschönen, alten Gebäude, wie ich finde. Es gibt nicht wenig Heiratswillige, die Monate oder gar Jahre warten, damit sie dort heiraten können. Ich muss darüber immer wieder lächeln, denn eine Hochzeit kommt für mich nicht in Frage. Immer wieder bedaure ich die Männer, die sich in die Gefangenschaft einer Frau begeben. Viele meiner Freunde, mit denen ich mich früher abends auf ein Bier in der Kneipe getroffen hatte, mussten auf einmal alles mit ihrem Schatzi absprechen. Allein das würde mich schon nerven.

Von Weitem sehe ich Maren schon. Sie ist heute besonders auffällig gekleidet. Sie trägt ein weites, gebatiktes, lila Leinenkleid, dazu grüne Sandalen. Viele andere Frauen würden damit lächerlich wirken, aber aufgrund ihrer Ausstrahlung sieht sie schön darin aus. Ihre blonden Haare hat sie zu einem lockeren Pferdeschwanz gebunden, was sie sehr jung wirken lässt. Dabei fällt mir ein, dass ich vergessen habe, wie alt sie wirklich ist. Aber wenn sie schon einige Jahre als Lehrerin arbeitet, kann sie nicht mehr so jung sein. Sie macht sie mir den Eindruck, nicht viel älter als 25 zu sein. Eigentlich ist sie gar nicht meine Altersstufe, doch irgendetwas an ihr zieht mich magisch an. Kaum sieht sie mich, kommt sie freudig lächelnd auf mich zu.

»Hallo Martin, ich dachte schon, du kommst gar nicht mehr und war schon ein wenig traurig.« Ein Blick auf meine Uhr sagt mir, dass ich gerade mal 5 Minuten nach der vereinbarten Zeit da bin.

»Entschuldige, ich musste einen Parkplatz finden. Das ist nicht so einfach hier.«

Dabei zeige ich mit der Hand auf die Umgebung. Rund ums Rathaus wird gebaut. Die Kreuzung Max-Brauer-Allee Königstraße ist gesperrt und beim Platz am Park, bei dem man sonst immer gut sein Auto abstellen konnte, ist abgesperrt. Der einzige grüne Lichtblick ist ein kleiner Park, der vom Rathaus zum Bahnhof verläuft. Dort spielen Kinder, ältere Leute mit Rollator gehen spazieren. Junge Pärchen schlendern Hand in Hand und genießen die letzten Sonnenstrahlen des Tages.

»Ja, es ist eine Macke von mir. Ich muss immer und überall zu früh da sein und erwarte es auch immer von anderen.« Mit diesen Worten stellt sie sich auf die Zehenspitzen und versucht, mir einen Kuss zu geben. Aufgrund unserer Größenunterschiede klappt es nicht und sie erwischt nur mein Kinn. Sofort ist das Eis gebrochen und wir müssen beide lachen.

»Unser Verhältnis steht nicht unter dem besten Stern, oder? Wir sind wirklich sehr unterschiedlich«, bemerke ich.

Still schaut sie mich an. Ich bekomme das Gefühl, als hätte ich sie mit meinen Satz aus Versehen verletzt.

»Ach weißt du, vielleicht ist es aber auch genau das, was eine Beziehung lebendig werden lässt?« Mit diesen Satz, unterbricht Maren die Stille.

Ok, wir sind doch weiter, als mir lieb ist. Redet sie wirklich schon ernsthaft über Beziehungen? Dabei haben wir uns gerade mal geküsst. Aber ab wann ist eine Beziehung eine Beziehung? Will ich das überhaupt? Ich weiß immer noch nicht genau, wieso ich mich überhaupt mit ihr getroffen habe. Nur mein schlechtes Gewissen? Nein, ganz gewiss nicht, aber Maren wird keine Frau für eine nette Nacht sein. Etwas an ihr zieht mich an, etwas, was ich noch nicht genauer definieren kann. Noch nie hatte ich so ein Gefühl bei einer Frau. Sie hat mehr verdient. Während ich nachdenke, gehen wir weiter. Erfreut merke ich, dass wir in Richtung Neumühlen Ovelgönne laufen. Ich liebe es, bei so einem Wetter an der Elbe am Strand lang zu laufen. Doch anstatt über die Elbchaussee, um durch den Heinepark zur Elbe zu gehen, biegt sie bei der Christians Kirche auf den Friedhof ab.

»Was willst du denn hier?«, frage ich überrascht, denn ein erstes Date habe ich mir nicht auf einem Friedhof vorgestellt.

»Ich liebe Friedhöfe. Sie haben etwas Magisches.« Ich muss ein Husten unterdrücken.

»Du meinst, sie haben etwas Totes an sich, oder?« Ich kann mir einen verwirrten Blick über den heruntergekommenen Friedhof nicht verkneifen. Wenn es wenigstens der Ohlsdorfer Friedhof wäre. Der mit seinen breiten Straßen und schön angelegten Seen wirklich zu einem Spaziergang einlädt. Aber nein, hier ist alles verkommen. Die Grabsteine liegen schief auf den Gräbern. Ich kann kaum eine Inschrift entziffern, denn die meisten sind mit Moos überwuchert. Die Bäume hängen mit ihren Ästen so tief, dass ich Sorge haben muss, mir den Kopf zu stoßen. Doch Maren hat recht: Es hat etwas, und zwar das Potenzial, der Drehort eines Horrorfilms zu werden.

Zielstrebig geht sie auf einen hohen Grabstein zu. Vermutlich liegt hier eine bekannte Person, denn im Gegensatz zu den anderen Gräbern, ist dieses hier recht gepflegt. Knappe drei Meter davor erkenne ich es auch.

Es ist das Grab des Dichters, nach dem hier alles benannt wurde.

-Friedrich Gottlieb Klopstock-

Ich persönlich lese zwar gerne mal ein Buch und mir sind auch viele berühmte Dichter nicht unbekannt. Doch dieser ist für mich kein besonders bekannter, von dem ich auch noch nie ein Gedicht gelesen habe. Nur weil er ein Hamburger Dichter war, muss er mir nicht so wichtig sein, dass ich sein Grab besuchen würde. Es wundert mich ohnehin, dass das Grab noch steht, andere Persönlichkeiten sind schneller vergessen.

In meine Gedanken dringt die Stimme von Maren, als sie die Inschrift liest:

BEY SEINER META UND BEY SEINEM KINDE RUHET

FRIEDRICH GOTTLIEB KLOPSTOCK

ER WARD GEBOREN D: 2. JULY 1724.

ER STARB D: 14. MÄRZ 1803.

DEUTSCHE, NAHET MIT EHRFURCHT UND MIT LIEBE

DER HÜLLE EURES GRÖSTEN DICHTERS

NAHET, IHR CHRISTEN, MIT WEHMUTH UND MIT WONNE

DER RUHESTÄTTE DES HEILIGEN SÄNGERS,

DESSEN GESANG, LEBEN UND TOD JESUM CHRISTUM PRIESS

ER SANG DEN MENSCHEN MENSCHLICH DEN EWIGEN,

DEN MITTLER GOTTES. UNTEN AM THRONE LIEGT
SEIN GROSSER LOHN IHM, EINE GOLDNE
HEILIGE SCHALE VOLL CHRISTENTHRÄNEN.
SEINE ZWEITE LIEBENDE UND GELIEBTE GATTIN
JOHANNA ELISABETH, SETZTE DIESEN STEIN,
ANBETEND DEN, DER FÜR UNS LEBTE, STARB,
BEGRABEN WARD UND AUFERSTAND.

Besonders bei den Worten Jesum und Christum wird ihre Stimme besonders melodisch. Es klingt, als würde sie diese Worte beten. Das Ganze kommt mir sehr seltsam vor. Ich meine, sie sagte doch gestern etwas in der Richtung, dass Religion auch eine Wissenschaft sei. Nun betet sie mir hier etwas vor. Ich schaue sie an. Ihre Augen sind geschlossen, ihre Hände ineinander verschränkt. Es ist komisch.

Auf einmal fällt mir das Buch wieder ein, das ich gestern bei ihr gesehen habe. Kann es sein, dass sie in Wirklichkeit mit der Sekte unter einem Hut steckt? Bin ich eventuell nicht nur mit einer Zeugin unterwegs, sondern mit einer Mittäterin?

Ich muss hier weg. Es war schon ein Riesenfehler, mich überhaupt mit ihr zu treffen, aber das kann doch nur schiefgehen.

Etwas zu hektisch schaue ich auf meine Uhr.

»Oh Mensch, ich hab' ein Meeting auf der Wache vergessen. Ich muss leider los.« Noch während ich das sage, drehe ich mich um und renne beinahe fluchtartig davon.

»Aber…«, ist alles, was Maren sagen kann.

Erst am Auto atme ich tief durch. Wie konnte ich nur so unvernünftig sein? Ich muss zu Paula und Kai, ihrem Mann, ich brauche jemanden zum Reden. Auch wenn sie mir mit Sicherheit den Kopf abreißen werden.

21. Kapitel

Martin

Paula ist vom Stuhl aufgesprungen und schaut mich an, als wäre ich völlig übergeschnappt. »Was hast du gemacht? Bist du denn von allen guten Geistern verlassen, oder was ist mit dir passiert?«

Aus der Küche höre ich ein Klirren. Wahrscheinlich ist Kai ein Glas runtergefallen. Kurz darauf höre ich seine Schritte auf dem Flur.

»Paula, was ist passiert?« Er hat einen knallroten Kopf. Sportlich war er noch nie. Er sitzt tagsüber zumeist am Schreibtisch, abends hängt er entweder vor der Glotze oder auch mal in der Kneipe.

»Weißt du, was mein werter Kollege gemacht hat?« Mit diesen Worten zeigt sie mit dem Finger auf mich, als wäre ich ein Aussätziger.

»Ich… «, beginne ich, doch sie lässt mich gar nicht erst zu Wort kommen.

»Schweig lieber. Du kannst dich nur noch weiter reinreiten.«

»Aber… «, versuche ich es erneut, komme aber wieder nicht weiter.

»Er hat sich mit einer Zeugin eingelassen.« So kenne ich Paula gar nicht. Sie spricht über mich, als wäre ich nicht im Raum.

»Was hat er?« Nun sieht mich auch Kai entsetzt an.

»Nun reicht es aber. Ich habe mich nicht mit ihr eingelassen.« Natürlich ist es Haarspalterei, was ich sage. Doch so wie die beiden reden, hört es sich an, als hätte ich Maren ins Bett geschleppt. Nein, ich habe nur ein Treffen mit ihr gehabt. Nicht mehr und nicht weniger.

»Ach nein???« Nun beginnt Paula, mit einer Gouvernantenstimme auf mich einzureden. »Wie würdest du es denn sonst nennen?« Mit diesen Worten dreht sie sich zu Kai um.

»Stell dir mal vor, er hat bestimmt sogar mit ihr geschlafen.«

Nun reißt mir der Geduldsfaden. Damit sie mich endlich mal ausreden lässt, gehe ich mit geradem Rücken auf sie zu.

»Es reicht Paula. Das stimmt nicht. Ich habe nicht mit ihr geschlafen und bis auf einen Kuss ist nichts zwischen uns passiert.«

Unbeeindruckt beginnt sie mich nachzuäffen.

»Nur ein Kuss… Nur ein Kuss? Verdammt, Martin, das kann dich deinen Job kosten. Ist dir das eigentlich klar? Wenn Karsten das erfährt …«

Sofort werde ich kleinlaut. Natürlich wird das die Innere mit Sicherheit auch hochinteressant finden. Verdammt, ja ich stecke in der Scheiße, aber ich hatte von meiner Kollegin und Freundin ein wenig mehr Verständnis erwartet.

»Lass uns erst mal hinsetzen.« Kai, der immer sehr harmoniebedürftig ist, zeigt zum Tisch.

»Ich gehe Kaffee holen.« Vermutlich will er mit seinem verkrampften Lächeln die Situation entspannen.

Wenn Blicke töten könnten, wäre ich jetzt vermutlich tot. Paulas Augen blitzen regelrecht vor Wut. So habe ich sie noch nie erlebt. Mein schlechtes Gewissen verstärkt sich.

»Paula…«, versuche ich, zerknirscht zu ihr durchzudringen.

»Martin, was hast du dir nur dabei gedacht?« Kopfschüttelnd geht sie zum Tisch. Als sie mich angebrüllt hat, war es für mich leichter zu ertragen, als dieses Verhalten jetzt.

»Martin, erzähl doch noch mal von Anfang an.« Kai ist mit dem Kaffee zurückgekommen. Er schaut mich mit ruhigem, aber doch forderndem Blick an.

»Ach, ich weiß gar nicht wie das passieren konnte««, versuche ich zu erklären, aber sofort unterbricht mich Paula wieder.

»Das kann ich dir sagen.« Ich muss schlucken. Was ist denn nur mit ihr los?

Bevor ich noch etwas sagen kann, schreitet Kai ein.

»Schatz, bitte lass Martin doch mal sprechen. Dass du sauer bist, ist mir schon aufgefallen. Doch das hilft uns allen aber nicht weiter.«

Sofort wird mir klar, wieso ich ihn so mag. Er schafft es immer wieder, neutral aber doch bestimmend zu sein.

»Also ich hatte mir die Adresse aus der Akte rausgeschrieben. Dabei habe mir eingeredet, dass ich es gemacht habe, um sie bei Bedarf kontaktieren zu können.«

Ja, aber wieso bin ich dann hingefahren? Das ist immer noch etwas, was ich nicht beantworten kann und auch bis jetzt nicht verstehe.

»Nun musst du aber auch weiterreden. Denn das ist ja noch nicht alles.« Während ich noch nachdenke, beginnt Paula zu sticheln.

»Ja, verdammt. Wenn ich nur selbst wüsste, wieso.«

Kai hebt beschwichtigend die Hände.

»Sprich weiter, Martin.«

»Nach dem Dienst gestern bin ich dann los und war auf einmal am Oortkatener See, Wieso? Weshalb? Keine Ahnung. Ich habe mir eingeredet, dass ich nur hingefahren bin, um einen Spaziergang zu machen.«

Das ist noch nicht einmal gelogen, auch wenn Paula mich mit hochgezogenen Augenbrauen ansieht.

»Und dann? Ich gehe mal davon aus, dass es dabei nicht geblieben ist.«

Nun schaut auch Kai ein wenig skeptisch drein. Ich kann beide gut verstehen, denn es hört sich alles leicht suspekt an und wird ja noch seltsamer.

»Ja, dann stand sie auf einmal da und wir kamen ins Gespräch. Ich wollte mich eigentlich nur entschuldigen.«

»Ach, nur entschuldigen?«, braust Paula wieder auf.

»Ja, verdammt noch mal, Paula. Du solltest mich kennen. Ich muss keinen Frauen hinterherrennen. Das habe ich nicht nötig.«

»Stimmt. Das dachte ich bis vor einer halben Stunde auch noch.«

Ist es wirklich nur so kurz her, dass ich hier angekommen bin? Ich habe das Gefühl, schon seit Stunden von Paula verhört zu werden. Ein Blick auf die Uhr sagt mir, dass sie recht hat. Es ist wirklich erst eine halbe Stunde vergangen.

»Ich wollte mich bei ihr entschuldigen, du weißt selber, wie hart meine Worte über sie waren. Doch dann habe ich gemerkt, dass da mehr ist. Sie strömt etwas aus, was mich fasziniert.« Paulas Blick lässt mich abbrechen. Mit festen Blick fixiert sie mich. Doch ich will es zu Ende bringen, also spreche ich schnell weiter. »Ach verdammt ja, sie ist eine tolle Frau und ich, ich bin auch nur ein Mann.«

Paula und ich fangen gleichzeitig Kais verwirrten Blick auf. So kennt man mich nicht. Sonst trennte ich immer Beruf und Privat ganz strikt. Mit Ausnahme der Freundschaft zu Paula.

»Ach, ich habe gestern Morgen Mist gebaut«, versuche ich zu erklären.

»Noch mehr Mist?« Kai kann sich dieses Mal nicht zurückhalten. Wie er das sagt, hört es sich noch schlimmer an, als es war.

Kleinlaut fahre ich fort.

»Ja, Mist. Ich habe mich vor dem Krankenhaus über das Auftreten der Lehrerin lustig gemacht.« Seltsam. Ich bekomme nicht einmal mehr den Namen Maren heraus. Aber vielleicht ist das auch verständlich.

»Ok, und weil ihr Getue dich so nervt, bist du zu ihr hingefahren und hast mit ihr geschlafen?« Kai scheint nun endgültig verwirrt zu sein.

»ICH habe nicht mit ihr geschlafen.« Das muss ich deutlich betonen, denn ich habe das Gefühl, dass mir hier niemand richtig zuhören will.

Sofort entschuldigt sich Kai. Ich kann ihm ansehen, dass er es nicht so gemeint hat.

»Nun ja. Nach dem Kaffee sind wir zu ihr gefahren.«

Paula schnaubt laut auf. »Du willst uns doch nicht ernsthaft erzählen, dass du nicht mit ihr geschlafen hast.« Mit einem Schwung stehe ich auf. Mein Stuhl fliegt um.

»Verdammt Paula! Willst du überhaupt hören, was ich zu sagen habe? Oder willst du mir nur Vorwürfe machen?« Mit beiden Armen stütze ich mich auf den Tisch und beuge mich zu ihr rüber.

»Setz dich hin«, ertönt Kais ungewohnt laute Stimme.

»Paula, du lässt Martin bitte ausreden. Und du.«« Mit diesen Worten deutet er auf meinen Stuhl. »Ich habe null Bock darauf, dass in meinem Haus rumgebrüllt wird. Wir können für alles eine Lösung finden, aber nicht, wenn du oder Paula meinen, Euch nicht ausreden zu lassen oder anzuschreien zu müssen.«

Erstaunt über Kais überraschend deutliche Ansage hebe ich kleinlaut meinen Stuhl auf und setze mich wieder hin.

»Paula, du bleibst nun ruhig und wenn Martin fertig ist, dann kannst du was sagen. Ich will keine Vorwürfe mehr hören und du, Martin, kommst allmählich zum Punkt.«

»Ach Mensch«, beginne ich meine Erklärung. »Nach dem Kaffeetrinken sind wir zu ihr gefahren und haben uns über klassische Musik unterhalten. Ja, ich finde sie interessant, aber nein, ich habe allein auf dem Sofa geschlafen.« Sofort fällt mir wieder das Buch ein.

»Aber ich hätte da schon stutzig werden sollen«, füge ich hinzu, höre dabei Paula nach Luft schnappen.

»Paula, halt dich zurück«, ermahnt sie Kai und blickt sie warnend an.

Sofort ist sie still. Ihre Lippen sind zusammengekniffen und ich kann sehen, dass sie am liebsten weiter meckern würde. Ich kann ihr noch nicht mal ein Vorwurf machen. Hätte sie sich so verhalten, dann hätte ich vermutlich genauso reagiert.

»Heute haben wir früher Schluss gemacht, denn die Berichte sind noch nicht eingetroffen. Deswegen habe ich mich mit ihr in Altona verabredet.«

Wie kann ich nun erklären, dass mein erstes richtiges Date mit ihr auf dem Friedhof stattgefunden hat?

»Na ja, auf jeden Fall sind wir dann zum Klopstock-Friedhof gegangen.«

»Ihr wart wo?«, fragt Paula und kann ein Grinsen nicht unterdrücken.

»Das war definitiv nicht meine Idee«, beeile ich mich zu erklären.

Nun muss wirklich Paula lachen. »Wenn das deine Idee gewesen wäre, hätte ich mich gefragt, mit wem ich die ganzen Jahre zusammengearbeitet habe.«

»Schweift nicht ab.«, holt uns Kai durch seine vernünftige und zielstrebige Art zurück in die eigentliche Thematik. Das ist in diesem Fall auch gut, aber manchmal steht er uns damit eher im Weg.

»Ich hätte schon am Vortag auf mein Bauchgefühl hören sollen. Sie hatte auf dem Sofa ein Buch liegen, das sich um den Aufbau einer Sekte dreht.«

»So was gibt es?« Kai schaut mich entgeistert an.

Ich nicke und antworte: »Ja, augenscheinlich.«

»Ach, es gibt doch mittlerweile für alles ein Buch. Aber meinst du wirklich, dass jemand, der eine Sekte aus rationalen Gründen aufbauen will, so ein Buch braucht?«, wirft Paula ein.

Was will sie mir damit sagen? Sie deutet meinen fragenden Blick richtig, denn sofort spricht sie weiter.

»Ich vermute eher, dass Frau Langenhagen sich Strukturen einer Sekte ansehen wollte. Dass sie verstehen möchte, wieso Finn Baumann in einer gelandet ist.«

»Ja«, unterbreche ich sie. »Es war aber nicht nur das, sondern auf dem Friedhof begann sie, ganz seltsames, christliches Zeug zu reden.«

Dass es die Grabinschrift eines Dichters war, verheimliche ich ihr. Mittlerweile fühle ich mich total bescheuert.

»Also Martin, wenn sonst nichts war, dann sehe ich eigentlich nur, dass du so blöd warst und dich mit einer Zeugin privat getroffen hast.«

Ich weiß nicht warum, aber mein Bauchgefühl sagt mir etwas anderes.

»Paula, ich bin mir da echt nicht sicher und möchte sie lieber überprüfen.«

Sofort schaltet sich Kai als Anwalt ein.

»Martin, du hast doch gar keinen richtigen Tatverdacht gegen die Lehrerin. Wie willst du das denn anstellen?«

»Ach, ich weiß nicht«, antworte ich schulterzuckend.

Sofort steht Paula auf und schaut mich an.

»Na dann lass uns zur Wache fahren. Du wirst doch sowieso keine Ruhe geben, bevor die Sache mit Frau Langenhagen nicht geklärt ist, oder?«

Ich schaue Kai an, weil ich denke, dass er Paula zurückhalten wird. Aber er weiß genau, wann es sich nicht lohnt, mit seiner Frau zu diskutieren.

Wir sitzen zwei Stunden am Schreibtisch, ohne wirklich etwas zu finden. Egal, welche Kanäle wir anzapfen, keiner davon bestätigt meine Vermutung, dass Maren ein Teil der Sekte sein könnte. Langsam mache ich mir Vorwürfe, dass ich sie zu früh verurteilt haben könnte.

»Martin, ich glaube ernsthaft, dass du völlig falsch liegst.« Paula spricht meine Gedanken laut aus.

»Na gut, dann sollten wir wirklich jetzt Schluss machen für heute. Meinst du, ich sollte mich entschuldigen?« Bevor ich noch mal einen Fehler mache und auf eigene

Faust agiere, will ich die Frage lieber mit Paula besprechen, denn sie hat definitiv eine bessere Einschätzung als ich.

»Nein, du hältst dich von ihr fern. Das kann die Situation nur noch verschlimmern.«

Sie schaut mich an, als würde sie mich bestrafen, wenn ich mich der Anweisung nicht beuge.

»Aber…«, versuche ich einzuwenden, doch ihr Blick bringt mich sofort zum Schweigen.

Paula ist schon etwas Besonderes und ich habe sie nun gleich zwei Mal durch mein unbedachtes Verhalten verletzt. Wie kann ich das jemals wieder gut machen? Wenn ich aber damit noch einmal anfange, dann hätte ich es mit ihr endgültig verscherzt.

»Aber wie wollen wir morgen weitermachen?«, versuche ich, mich selbst von dieser Frage abzulenken.

»Ganz klar: Wir werden mit der Überwachung von Maren Langenhagen beginnen müssen.«

Für Paula ist es klar. Aber werden die Verdachtsmomente ausreichen? Ich meine, das, was Finn Baumann erzählt hat, war doch nur ein Traum. Doch fällt mir auch nichts anderes ein, was uns zum Ergebnis führen könnte.

Paulas Blick auf die Uhr zeigt mir, dass es schon spät sein muss. In der Tat ist es kurz vor Mitternacht und wir sollten endlich Feierabend machen, um morgen früh wach genug zu sein.

22. Kapitel

Martin

»Seid ihr von allen guten Geistern verlassen?« Karstens Stimme überschlägt sich regelrecht.

»Ihr habt schon mitbekommen, dass der sich gestern schon beschwert und die Durchsuchung nichts gebracht hat? Wieso glaubt ihr, dass eine Überwachung etwas Neues ergeben könnte? Und ich meine keine neuen falschen Beschuldigungen«, fordert er uns mit aufgeregter Stimme heraus. Mit knallrotem Gesicht steht Karsten vor Paula und mir.

»Karsten, nun beruhige dich mal. Du weißt doch ganz genau, dass das nicht selten ist«, erwidere ich, werde aber sofort von ihm unterbrochen.

»Ob ich mich beruhige oder nicht, Martin, ist ganz und gar meine Sache.«

Ich schaue ihn entgeistert an. So habe ich ihn noch nie erlebt. Er ist sonst so ein ruhiger, besonnener Chef.

»Ok, Karsten, wenn wir das nicht machen sollen, dann erkläre du uns, wie wir vorankommen sollen.« Paula weiß auch nicht mehr weiter.

Mit einem lauten Knall haut Karsten auf den Tisch.

»Verdammt, ich weiß es auch nicht. Ich kann euch nur sagen, dass dieser McKenzie Kontakte bis nach ganz oben hat. »

Mit eiskalter Stimme unterbricht ihn Paula. »Seit wann ist das für uns wichtig? Wir sind nicht der Obrigkeit verpflichtet, sondern dem Recht.«

So hart habe ich sie noch nie zu Karsten reden gehört. Aber ich muss ihr beipflichten und wenn es nach mir ginge, würde ich sogar noch weitergehen. Doch ich halte mich zurück.

»Nein, ich stimme eurer Aktion nicht zu. Das kann nicht nur euch, sondern auch mich den Kopf kosten. Ich bin mir sicher, dass er das nächste Mal sich nicht nur bei mir beschweren wird, sondern an höherer Stelle. Er wird es als Hetzjagd gegen seine Organisation hinstellen. Ihr habt genügend Anhaltspunkte, denen ihr erst einmal nachgehen könnt.«

Mit diesen Worten lässt uns Karsten stehen.

»Karsten, ist das dein letztes Wort?«, frage ich entgeistert und weiß noch nicht, wie ich darauf reagieren soll. Noch nie hat er uns so abblitzen lassen. Womit hat ihm dieser Anwalt nur gedroht?

Mit voller Wucht reisst Paula die Tür auf und stürmt raus.

Noch einmal schaue ich Karsten an, ehe auch ich den Raum verlasse. Er sitzt mit den Händen abgestützt wie ein alter, gebrochener Mann an seinem Schreibtisch. Wäre ich nicht so wütend, ich glaube, ich hätte Mitleid mit ihm.

Paula ist schon auf dem Weg zu unserem Büro, als mein Blick auf Maren fällt.

Was macht sie hier? Sie kann doch nicht ahnen, dass wir hier auch samstags arbeiten. Der Tag wird von Minute zu Minute unangenehmer.

»Guten Tag, Frau Langenhagen, womit kann ich ihnen helfen?« Hoffentlich beginnt sie hier nicht vor allen zu zeigen, dass wir uns auch privat getroffen haben. Ich hoffe nur, dass sie den Streit zwischen Karsten und uns nicht mitbekommen hat. Falls sie doch zur Sekte gehören sollte, könnte es bedeuten, dass sie unsere Pläne ausplaudert.

»Ich möchte wissen, wie es mit meinem Schützling weitergeht.« Sollte sie mitgehört haben, dann zeigt sie es nicht.

»Frau Langenhagen, lassen Sie uns nach oben gehen.« Die Kollegen, die den Streit definitiv mitbekommen haben, schauen uns interessiert an.

»Gerne.« Ich sehe jetzt erst, dass auch sie müde und kaputt aussieht. Sie leidet offensichtlich unter meiner gestrigen Aktion genau wie ich. Am liebsten würde ich sie in den Arm nehmen und sagen, dass alles gut gehen wird. Im Gegensatz zu mir macht ihr aber nicht nur unser unglückliches Zusammentreffen zu schaffen, sondern auch noch die Ungewissheit über Finn. Doch ich muss jetzt hart bleiben und eine Distanz zwischen uns wahren.

»Ich hole uns einen Kaffee.«, beeile ich mich zu sagen, noch bevor Paula auf die gleiche Idee kommt. Ich könnte es derzeit nicht ertragen, mit Maren allein zu sein.

»Da ich gestern früher als erwartet zu Hause war …«, beginnt Maren zu erzählen und schaut mir dabei in die Augen. Ich mache schon Anstalten, etwas zu sagen, kann mich aber gerade noch zurückhalten.

»Also hatte ich gestern Zeit, Nachrichten zu sehen. Und da habe ich Sie gesehen und den jungen Mann, der in der Innenstadt erschossen wurde. Hat das etwas mit diesem Fall zu tun?«

Ich nehme einen tiefen Atemzug. Ihre Sorge ist verständlich, aber sie muss einsehen, dass wir ihr nichts von unserem Fall erzählen können.

»Frau Langenhagen, wir können Sie nur um eins bitten: Lassen Sie uns unsere Arbeit machen. Wir können und dürfen nichts über den Stand der Ermittlungen erzählen.« Paula spricht eindringlich auf Maren ein.

Die atmet tief ein und geräuschvoll aus.

»Arbeiten Sie denn wirklich an diesem Fall? Oder doktern Sie nur herum?«, fragt sie provozierend.

»Das will ich nun nicht gehört haben.« Paula schaltet sich ein.

»Meinen Sie denn, ich habe das gerade unten nicht gehört? Ihr Vorgesetzter scheint ja Ihre Arbeit zu boykottieren oder ist er mit ihrer Art nicht zufrieden?« Die letzten Worte hören sich eher so an, als würde sie diese an mich richten.

Paula stößt einen Seufzer aus. Sie hatte immer zu den Kollegen gesagt, dass es nicht in Ordnung sei, wenn Bürger vor unsere Bürotür platziert werden. Keiner sollte erfahren, was in den Räumen besprochen wird. Dieses Mal wird es Konsequenzen haben, ich werde persönlich den Kollegen, der Maren vor die Tür gesetzt hat, auf den Pott setzen.

»Das missverstehen Sie. Er möchte nur, dass wir uns nicht verzetteln. Es gibt verschiedene Möglichkeiten, einen Fall zu bearbeiten und alle können richtig sein und zum Ziel führen. »

Auch wenn Paula sauer auf Karsten ist, lässt sie es Frau Langenhagen nicht spüren.

»Was ist das für eine Sekte?« Die Lehrerin lässt nicht locker.

»Frau Langenhagen, wir bitten Sie noch einmal: Lassen Sie uns unsere Arbeit machen. Sollten Sie aber Neuigkeiten haben, dann sind Sie jederzeit bei uns willkommen. Aber aus verschiedensten Gründen dürfen wir ihnen natürlich nichts zum laufenden Fall sagen.« Ich betone jedes Wort in der Hoffnung, dass Maren es versteht.

Da sie sich ohne ein weiteres Wort erhebt, bin ich mir sicher, dass meine Ansage eindeutig war.

An der Tür dreht sie sich noch einmal um.

»Ich werde nun zu meinem Schützling fahren und ich hoffe inständig, dass Sie alles daransetzen werden, seine Unschuld zu beweisen.«

Ich würde sie trotz allem, was vorher gesagt wurde, am liebsten in den Arm nehmen und ihr sagen, dass wir alles machen werden und alles gut wird. Doch ich bin vernünftig und halte mich zurück.

»Oder aber auch seine Schuld.«, erwidert Paula kaum hörbar. Aber ich bin mir sicher, dass Maren es gehört hat. Sie geht schweigend weg.

An Paula gerichtet fauche ich sie an. »Wie kannst du so etwas sagen?«

Kleinlaut schaut sie auf den Boden.

»Ich weiß, du hast recht. Aber irgendwie geht mir der Tag heute auf die Nerven. Auch wenn ich ahne, wer der Schuldige ist, reichen die Beweise einfach nicht aus und das ist doch echt belastend. Und dazu deine verzwickte Beziehung zu ihr.«

Aurelia, die während der ganzen Zeit still dagesessen hat, räuspert sich.

»Ich habe hier eine Liste von den Mitgliedern der Sekte, die in einem Schützenverein sind oder waren. Keiner war bei der Bundeswehr. Ob die beiden Brüder in der Armee waren, kann ich so nicht sehen.«

Während wir uns mit Karsten und Maren rumgeschlagen haben, hat sie weitergearbeitet. Ich hatte schon fast vergessen, dass sie da ist.

»Hat denn einer von ihnen einen Waffenschein oder eine Waffe, die auf ihn registriert ist?«

Sofort bin ich wieder bei ihr, denn die Antwort könnte einen Fortschritt für uns bedeuten.

»Einen Waffenschein haben drei von ihnen, aber auf niemanden ist eine Waffe registriert.«

Auch wenn ich kaum glaube, dass einer der drei unser Täter ist, denn so leicht wird es uns diese Sekte nicht machen, schreiben wir für alle drei eine Vorladung zu uns auf die Wache. Wir werden die Vorladungen persönlich überreichen und anschließend Feierabend machen. Die Berichte der Spurensicherung, die uns hoffentlich mehr Informationen bringen werden, kommen frühestens morgen.

Bis die Vorladungen geschrieben sind, dauert es fast 2 Stunden, denn alle drei haben keine offizielle Adresse. Auch die Begründungen fallen uns dieses Mal nicht so leicht, denn wir können sie schlecht als Verdächtige vorladen.

Kurz vor der Tür werden wir aufgehalten. Karsten ruft uns in sein Büro.

»Das Krankenhaus hat angerufen. Finn Baumann ist sehr erregt.«

Paula springt sofort darauf an.

»Natürlich ist der Mann aufgeregt. Er steht im Verdacht, seine Mutter getötet zu haben. Vielleicht kommt er endlich zur Besinnung.«

Karstens Blick lässt sie aber sofort verstummen.

»Nein, verdammt noch mal. Darum geht es gar nicht. Lass mich ausreden.«

Man sieht ihm an, dass er sich nur mühsam beherrschen kann. Sofort herrscht Schweigen im Raum.

»Finn Baumann hat heute seine Lehrerin erwartet. Sie ist nicht erschienen. Jetzt macht er sich Sorgen, dass ihr vielleicht etwas passiert sein könnte.«

Sofort schrillen bei mir die Alarmglocken. Sie hasst es, zu spät zu kommen. Da ist es untypisch, dass sie gar nicht kommt. Außerdem hatte sie vorhin zu uns gesagt, dass sie zu Finn fahren will. Da muss etwas passiert sein.

»Ich versuche, sie anzurufen. Wir haben ihre Nummer. Lasst uns hoffen, dass wir sie finden. Ansonsten müssen wir sie suchen lassen, denn ich verstehe die Sorgen verdammt gut. Diese Sekte hat es in sich. Wir hätten sofort mit der Überwachung beginnen sollen.« Mit einem wütenden Blick auf Karsten verlasse ich das Büro, um nach oben zu laufen und Maren auf ihrem Handy anzurufen. Ich habe Bauchschmerzen, denn ich bin mir sicher, dass ihr etwas passiert ist. Diese Sekte, die auf offener Straße jemanden tötet, wird nicht vor einer Lehrerin Halt machen.

»Scheiße.« Ich knalle den Hörer auf die Gabel. Wieso erreiche ich sie nicht?

»Gibt es denn noch ein Freizeichen?« Paula ist von hinten in den Raum gekommen und schaut mich erwartungsvoll an.

»Ja, und wir lassen es sofort orten.« Mir ist es egal, dass wir dafür normalerweise einen richterlichen Beschluss brauchen. Ich wähle sofort die Nummer unserer IT-Spezialisten. Glücklicherweise fragen sie nicht nach einem Beschluss, sondern machen sich sofort an die Arbeit. Ich bete innerlich, dass das Telefon auch auf Empfang ist. Wenn die Sekte sie in ihrer Gewalt hat, dann wird das nicht lange der Fall sein.

»Ich rufe noch im Krankenhaus an. Vielleicht hatte sie nur Verspätung.« Paula greift sich das Telefon, um das Krankenhaus anzurufen. Ich warte nicht mehr ab, ob Paula eine Antwort bekommt, und rufe den Staatsanwalt im Notdienst an. Glücklicherweise ist er noch neu und mit viel Elan dabei. Auch wenn der Zeitraum für eine Telefon-Ortung eigentlich noch nicht lang genug ist, will er einen Beschluss beim diensthabenden Richter beantragen. Der Tod unseres Zeugen unterstreicht die Brisanz.

»Im Krankenhaus ist niemand angekommen. Finn Baumann wurde mit einem Beruhigungsmittel behandelt und schläft jetzt. Aber sollte Frau Langenhagen doch noch kommen, werden sie uns sofort informieren.«

Auch wenn wir noch nicht Beschluss im Postfach haben, gehen wir zu den Kollegen der Technik. Sie sollen für uns schon einmal das Handy orten. Es ist nur noch eine reine Formalität, dass der Richter zustimmt.

»Jungs.« Mit zwei Schritten stehe ich mitten im Raum. Mark und Phillip, die beiden Kollegen die hier drinnen arbeiten, schauen mich verwirrt an. Es ist deutlich erkennbar, dass sie mein Klopfen nicht gehört haben. Doch das ist mir gerade egal, sofort beginne ich mit der Erklärung.

»Ihr müsst schon einmal anfangen mit der Ortung.« Nachdem ich es das dritte Mal wiederholt habe, zeigt Mark genervt mit der Hand auf die Tür, um mich nach draußen zu schicken.

»Ihr könnt losfahren. Wir werden euch anrufen, wenn wir ein Ergebnis haben.«

Ich habe wieder dieses Gefühl im Magen, das ich immer habe, wenn etwas Schlimmes bevorsteht. Das lässt mich noch ungeduldiger werden als sonst. Um den Kollegen aber nicht noch mehr zu verärgern, gehe ich zum Auto.

›Rar, rar.‹ Das Handy in meiner Jackentasche surrt. Ohne zu schauen, wer es ist, gehe ich ran. Aber auch der Kollege ist kein Fan großer Worte.

»Mönckebergstraße. Genau am Brunnen.« Mitten in der Stadt und wieder da, wo erst der Mord geschehen ist. Mir stellen sich die Nackenhaare auf.

»Los, zur Mönckebergstrasse«. Genau da, wo unser Zeuge getötet wurde. Ich verspüre ein Kribbeln in der Magengegend und auch wenn ich es nicht zugeben würde: Ich habe große Angst, dass Maren das gleiche passiert sein könnte wie unserem Informanten.

Paula und Aurelia schauen mich entgeistert an. Wieso da? Ist das ein schlechtes Omen?

Mit Blaulicht fahren wir schweigend zum Ort des Geschehens. Die Kollegen haben die dortige Wache informiert. Sie schicken eine Streife zur Verstärkung. Die ganze Zeit hoffe ich, dass wir nicht zu spät kommen. Doch vor Ort scheint es ruhig zu sein. Kein Menschenauflauf, keine Toten, kein Schusswechsel oder Ähnliches.

Während ich mich umschaue, weiß ich nicht, wieso ich mich instinktiv nach einem herumfliegenden Zettel bücke. Erst als ich ihn in der Hand halte, fällt mir auf, dass er genauso aussieht wie der, den Finn Baumann in seiner Geldbörse hatte. Ohne nach links oder rechts zu schauen, gehe ich auf einen Zeitungsverkäufer zu. Der hoffentlich schon die ganze Zeit da steht.

»War hier heute ein Infostand?« Er nickt und auf typisch hamburgische Art antwortet er:

»Klar, wieder diese Spinner. Irgend so eine kirchliche Gruppierung. Ich muss immer raten, ob es ein Männlein oder Weiblein ist, denn die tragen alle diese Kleider. Ein wenig wie die Inder. Und wehe, man wagt es mal aus Versehen, eine Frau von denen anzusprechen. Da ticken die voll aus.« Er schüttelt den Kopf.

»Martin, schau mal.« Ich drehe mich zu Paula, die ein Handy in der Hand hält. Ja, eindeutig, Marens Handy, sie hatte es auf dem Küchentisch liegen. Ich erkenne die Hülle wieder. Ein Einhorn! Ich musste das letzte Mal lächeln, dass eine Lehrerin in ihrem Handy auf Einhörner steht.

»Ich habe auch etwas«, sage ich und winke Paula und Aurelia zu mir.

»Schaut mal, wer hier heute einen Infostand hatte.« Mit diesen Worten zeige ich den beiden den Flyer.

»Das kann kein Zufall sein. Lasst uns sofort mit Verstärkung zum Haus der Sekte fahren«, schlage ich vor.

Paula schüttelt den Kopf.

»Dem wird Karsten niemals zustimmen. Ich weiß immer noch nicht, was mit dem los ist. Wenn wir aber ehrlich sind, verfügen wir nur über Indizien und die werden nicht ausreichen.« Verdammt, sie hat ja recht. Es gibt nur vage Anhaltspunkte einer Entführung.«

Ich wende mich noch einmal an den Zeitungsverkäufer.

»Haben Sie eine Frau am Stand gesehen? Etwa 30 Jahre alt, lange, braune Haare, schlank, etwa 1,67 m groß?«

Er schüttelt den Kopf. »Es tut mir leid, aber ich beachte diese Spinner nicht. Ich schüttele über die immer nur den Kopf.«

Mist! Wenn wir keine Zeugen finden, die die Lehrerin hier am Stand gesehen haben, gibt es keine Grundlage für weitere Ermittlungen.

Während ich mich noch darüber ärgere, spüre ich das Handy in meiner Jacke vibrieren. Ein Blick auf das Display lässt mich aufatmen. Das Krankenhaus.

Bestimmt ist die Lehrerin angekommen und hat hier nur ihr Telefon verloren.

»Phillips«, melde ich mich kurz und bündig.

»Bitte kommen Sie sofort. Herr Baumann beginnt wieder, sich zu erinnern.« Mehr muss nicht gesagt werden. Wir bitten die Kollegen, nach weiteren Zeugen zu suchen, und fahren sofort los.

23. Kapitel

Finn

Es waren gar keine Albträume. Es waren Bruchteile meiner Erinnerung. Wäre mir das nur früher eingefallen.

Ich laufe mit Herrn Brandt, dem Krankenpfleger in meinem Zimmer auf und ab. Als er mir noch einmal ein Beruhigungsmittel geben wollte, damit ich ruhiger werden kann, habe ich abgelehnt. Meine Sorge ist zu groß, dass ich wieder alles vergesse.

»Wann kommt denn endlich die Polizei?« Ich habe das Gefühl, dass ich schon seit Stunden auf die Polizisten warte.

»Herr Baumann, die sind schon unterwegs. Es sind dieselben Polizisten, die Sie schon kennen.«

Herr Brandt versucht, mich zu beruhigen. Doch ich weiß wirklich nicht, ob das ein Glück ist, denn es steht immer noch im Raum, dass ich meine Mutter getötet habe. Wieso ich das getan haben soll, weiß ich immer noch nicht. Aber andere Sachen werden wieder klarer.

Ein Klopfen an der Tür reißt mich aus meinen Gedanken. Ich drehe mich um und sehe den Polizisten, der mich verhört hat.

»Endlich! Sie müssen mir zuhören.« Ich will es schnell hinter mich bringen.

»Wollen wir nicht in einen anderen Raum gehen, wo uns keiner hören kann?«, erwidert er und blickt in Richtung Nebenzimmer, wo ein älterer Herr neugierig in meine Richtung schaut. Aber das ist mir egal. Sie müssen schnell handeln.

»Sie müssen zur Sekte fahren. Unten im Keller ist ein Flur.«

Diese Polizistin, ich glaube ›Rohde‹ hatte sie sich genannt, unterbricht mich.

»Herr Baumann, Sie müssen sich irren. Da ist kein Keller.« Ich höre an ihrer Stimme, dass sie mir nicht glaubt. Ich werde wütend und schlage mit der Faust gegen die Wand.

»Hören Sie mir erst einmal zu. Dann können Sie Fragen stellen. Ich will es nicht wieder vergessen.«

Der Polizist geht einen Schritt auf mich zu, doch Herr Brandt hält ihn mit einem Blick zurück.

»Lassen Sie ihn sprechen. Es ist wichtig.«

Wenigstens einer, der mich versteht.

»Wenn Sie im linken Flur hinten das große Regal zur Seite schieben, kommt eine Treppe zum Vorschein, die nach unten führt. Dort müssen Sie hin. Hinten befindet sich ein Raum, in dem eine Frau gefangen gehalten wird.«

Diese Polizistin – sie glaubt mir nicht. Ihre hochgezogenen Augenbrauen sagen es mir. Aber sie muss mir glauben.

»Verdammt, glauben Sie mir.« Ich gehe einen Schritt auf sie zu. Am liebsten würde ich sie schütteln. Aber sofort werde ich von Herrn Brandt zurückgehalten.

»Herr Baumann, erzählen Sie uns allen von ihrer Erinnerung. Am besten setzen wir uns. Sie sind zu aufgeregt.«

Setzen? Es kann zu spät sein. Die müssen reagieren. Am liebsten würde ich alle nur anschreien.

» Wir hören ihnen zu. Aber ich war in diesem Flur. Da ist keine Tür und wir haben die Baupläne gesehen. In denen ist auch kein Keller eingezeichnet.«

Dieser Polizist macht mir einen kompetenten Eindruck, aber der Eindruck kann auch täuschen.

Mir wird wohl nichts anderes übrig bleiben, als mich zu fügen.

»Nun noch einmal in Ruhe. Wir gehen davon aus, dass es den Flur gibt. Was ist da?« Paula versucht wohl, mich wieder zu beruhigen.

»Erst einmal: Sie hatten recht. Ich war in den letzten zwei Jahren Mitglied dieser Sekte. Wenn ich mich richtig erinnere sogar ein leitendes Mitglied, aber da bin ich mir unsicher.«

Sofort sehe ich wieder den skeptischen Blick der Frau. Sie macht mich nervös, aber ich weiß auch mittlerweile wieso: Mir war es zwei Jahre lang nicht erlaubt, mit Frauen zu reden.

»Oh mein Gott, ich hätte sogar beinahe geheiratet, wenn man das so nennen kann.«

Ich streiche mir über das Haar und mir schießt die Frage durch den Kopf, wie es ihr wohl geht. Dem McKenzie-Clan ist alles zuzutrauen.

»Reden Sie weiter. Das wissen wir schon alles. Wieso aber glauben Sie, dass wir noch einmal zur Sekte fahren müssen?« Der Polizist möchte wohl nicht so lange auf meine Antworten warten. Er hat recht, denn wer weiß, was in der Zeit mit Frau Langenhagen passiert. Ja, ich schweife ab.

»Wenn Sie runtergehen, laufen Sie den Flur entlang. Am Ende des Flures ist ein Raum. Davor hängt nur eine nackte Glühbirne.« Ich breche ab. Ich kann nicht in Worte fassen, was ich gesehen habe.

»Es passiert ihnen nichts.« Die sanfte Stimme der jüngeren Frau soll mich bestimmt beruhigen, aber das genaue Gegenteil ist der Fall.

»Ich kann das nicht. Es ist so grausam.« Ich verzweifele. Wie kann ich das den Polizisten erzählen?

Herr Brandt schaltet sich ein. »Herr Baumann, Sie haben auch geschafft, es mir zu erzählen. Es ist wichtig, dass Sie es selber sagen.«

»Hilft es ihnen, wenn wir Frauen rausgehen?«

Diese junge Polizistin scheint zu merken, was in mir vorgeht. Die andere schaut sie entgeistert an, denn das ist wohl ungewöhnlich. Aber ich nehme den Vorschlag gern an.

»Ja, bitte«, sage ich.

Auch wenn es ihr sichtlich schwerfällt, steht die ältere Frau auf und geht mit der Jüngeren hinaus.

Kaum sind sie weg, bricht es aus mir heraus.

»In dem Raum unten im Keller steht ein Bett. So in der Art wie dieses Krankenbett.«

Ich zeige auf mein Bett im Zimmer, um es zu verdeutlichen.

»Darin wird eine Frau festgehalten. Mit Handfesseln.« Ich kann ihm nicht alles erzählen. Ich könnte es schon, aber ich will es nicht noch einmal alles erleben und sehen müssen.

»Herr Baumann, auch wenn es Ihnen schwerfällt. Mit diesen Angaben können wir nicht viel anfangen. Wer ist die Frau?«

Er lässt mich nicht in Ruhe. Ich bin völlig fertig.

Der Pfleger, der neben mir steht, legt eine Hand auf meine Schulter. Wahrscheinlich möchte er mir Kraft geben, doch ich kann momentan keine Nähe ertragen, und schüttele ihn ab.

Ich will nur noch eins: Es hinter mich bringen.

»Es war eines Nachts. Ich musste auf die Toilette. Da habe ich Ben in Richtung des Frauenflügels gehen sehen. Ich habe mich noch nicht darüber gewundert, denn es kann ja immer mal passieren, dass eine der Frauen um spirituellen Rat bittet. Aber es war keine der Frauen auf dem Flur und da hat er selbst immer sehr drauf geachtet, dass die Männer nicht in die Räume der Frauen hineingehen. Also hätte er normalerweise ein spirituelles Gespräch auf dem Flur geführt. Ich hörte dann ein Schaben, so als würden zwei Metallstücke übereinander gezogen werden.«

Wie kann ich das denn besser erklären? Aber der Polizist gibt mir das Gefühl, dass ich es ihm verständlich mache, denn er lächelt mich aufmunternd an.

»Als ich im Flur stand, habe ich noch gesehen, wie das Regal geschlossen wurde. Aber ich habe mich erst mal nicht getraut zu schauen. Es ist uns unter Strafe verboten, nachts auf den Fluren entlangzugehen.«

Ich muss weiter erzählen, aber es macht mir große Mühe.

Doch der Polizist lächelt mich weiterhin aufmunternd an. Es passt eigentlich nicht zu ihm, denke ich, kann mir das aber selbst nicht erklären.

»Ich bin erst einen Tag später noch einmal hingegangen. Da habe ich dann das Regal untersucht. Wenn man den Teppich dort anhebt, sieht man eine Führungsschiene und kann das Regal darüber verschieben.«

»Sind Sie dann gleich da runter?«

Oh Gott, hätte ich das mal getan. Vielleicht hätte man mich dann nicht erwischt und diese arme Frau wäre früher befreit worden.

»Nein, ich habe drei oder vier Tage gebraucht. Sie müssen wissen, auch wenn wir nie eine Bestrafung miterlebt haben, war mir klar, dass diese nicht gering ausfallen würde. Aber ich konnte meine Neugierde nicht unterdrücken.

Also bin ich dann dort hin und habe nachgesehen. Vorsichtig habe ich das Regal wieder vorgeschoben. Ich hoffte einfach, dass in der Zeit niemand runtergehen würde. Was ja beim ersten Mal geklappt hat.«

»Unten war es sehr dunkel, aber was mir aufgefallen ist, waren all die Kartons an den Wänden. Ich wollte erst schauen, was da drin ist, aber dann hörte ich ein Jammern. Zunächst dachte ich, mir ist jemand gefolgt und habe mich hinter einem Stapel Kartons versteckt. Doch dann ist mir klar geworden, dass es aus dem Zimmer am Ende des Flures kam. Ich dachte, dass ich vielleicht nicht mitbekommen habe, wie Marc oder Ben runtergegangen sind und sich jemand verletzt hat.«

Ich war so dumm und naiv. Wie konnte ich nur immer an das Gute bei den beiden glauben?

»Erzählen Sie weiter.«

Langsam wird auch der Polizist ungeduldig. Er schaut mich auffordernd an.

»In dem Raum liegt eine Frau angekettet. Mager, mit so angewinkelten Beinen. Die Arme nicht dicker als ein dünner Ast und blass. Ihre riesengroßen Augen sind tief in den Augenhöhlen eingefallen. Sie erinnert mich an die Juden, die man damals aus den KZs befreit hat. Ich vermute, sie konnte sich schon seit längerer Zeit nicht mehr die Haare waschen. Die wenigen, die sie noch hatte, waren fettig und strohig. Als sie mich erblickte, begann sie am ganzen Körper zu zittern. Ihre Angst war ihr regelrecht anzusehen.

Sie fragte sofort nach Essen. Immer nur ›Essen, Essen, Essen‹ kam aus ihrem Mund. Es war so schrecklich. Ihre Stimme war so schwach. Aber ich hatte nichts. Ich war so hilflos und dann hörte ich, wie das Regal verschoben wurde. Schnell bin ich auf den Flur, da konnte ich mich zwischen den Kartons verstecken. Was ich dann gesehen habe, werde ich wohl nie wieder vergessen. Ben McKenzie ist runtergekommen und hat einen Korb mit Essen mitgebracht und die Frau zunächst gefüttert. Es sah noch so liebevoll aus. Ich habe mich erst noch gewundert, dass sie so weinte. Aber dann…«

Ich kann nicht mehr weiterreden.

»Herr Baumann, was ist dann passiert?« Der Polizist drängt mich weiter. Ich schlucke und sammle meine Kräfte, damit ich weiterreden kann.

»Er hat sich die Hose runtergezogen und obwohl sie wie wild versucht hat, sich zu wehren, hat er sie einfach vergewaltigt. Er schien sogar seine Freude daran zu haben, hat ihr immer wieder den Mund zugehalten, sodass ihr Weinen nicht zu hören war. Als er dann fertig war, meinte er nur: ›Du wirst mir immer gehören.‹«.

Aus mir bricht die ganze Wut heraus, die ich verspüre, wenn ich an diesen Mann denke. Zwei Jahre hat er mir und anderen Menschen immer etwas von Respekt vor dem anderen Geschlecht erzählt und dass man immer die Freiheit lieben soll und dann das.

Nun will und kann ich keine weiteren Fragen beantworten. Ich war jahrelang einem solchen Lügner auf den Leim gegangen. Schlimmer noch, ich habe aktiv dabei mitgeholfen, dass andere in so eine Organisation einsteigen. Außer meiner Freiheit habe ich mein Gewissen verkauft.

24. Kapitel

Martin

Das ist Wahnsinn! Meint er das wirklich ernst? Wenn ja, wo waren seine Erinnerungen in den letzten Tagen?

»Herr Baumann, wieso haben Sie sich nicht mehr daran erinnert?«, frage ich ihn.

Sofort wird Finn Baumann wieder ruhiger, aber was er erzählt, schockt mich dann doch.

»Nachdem Ben McKenzie den Raum verlassen hat, bin ich noch einmal zu der Frau gegangen. Aber sie war wie abwesend. Ich bin dann von Raum zu Raum geschlichen. Links und rechts hiervon befinden sich noch zwei Zimmer. Ich habe vorsichtig hineingeschaut, aber in diesen waren nur Betten, die wie es aussah, lange nicht mehr benutzt worden sind. Ich bin daraufhin zurückgegangen und habe versucht, so leise wie möglich wieder auf mein Zimmer zu gelangen. Aber dann traf ich ein anderes Mitglied. Ich habe den Fehler gemacht und ihn gefragt, ob er wüsste, dass schon einmal Frauen oder allgemein Mitglieder verschwunden seien.« Finn schaut sich wütend um.

»Verdammt, das war mein größter Fehler, denn am nächsten Abend, als ich der Frau Essen bringen wollte, ist mir Marc gefolgt. Ich habe ihn leider nicht rechtzeitig bemerkt. Gerade als ich der Frau vorsichtig etwas geben wollte, kam er von hinten und packte mich. Seine Wut gegen mich war so groß, dass ich dachte, meine letzte Stunde hätte geschlagen. Er presste mich gegen eine Wand und würgte mich. Ich dachte schon, dass ich sterben würde, da hörte er auf. Aber vermutlich durch den Sauerstoffmangel sackte ich zusammen und verlor das Bewusstsein.

Ich wachte erst in einem anderen Raum wieder auf. Genau wie die Frau war ich an ein Bett gefesselt. Am Fußende standen Ben und Marc. Ben hatte eine Spritze in der Hand und Marc redete auf ihn ein. Danach erinnere ich mich an nichts mehr. Erst wieder an den Moment, als ich meine Mutter getötet habe.«

Für mich ist es eindeutig: Er versucht nicht, vom Mord abzulenken und meint es ernst.

Aber was jetzt immer noch wichtig ist: Wo kann Maren sein?

»Hat sich ihre Lehrerin gemeldet, bevor wir gekommen sind?«, frage ich.

Sowohl der Arzt als auch Finn Baumann schütteln den Kopf.

Ich zögere, aber ich muss es fragen. »Können Sie sich vorstellen, dass Frau Langenhagen die Ermittlungen selber in die Hand nimmt, wenn sie das Gefühl hat, es geht nicht voran?«

Finns wildes Nicken ist für mich Antwort genug. Wir müssen sofort zurück zur Sekte. Ich befürchte das Schlimmste. Schnell verabschiede ich mich und verspreche, dass wir uns so schnell wie möglich wieder bei ihm melden.

Auf den Mord an seiner Mutter bin ich nicht eingegangen. Finn ist aus meiner Sicht mit seiner Aussage schon genug Belastungen ausgesetzt gewesen. Inzwischen glaube ich ihm jedes Wort. Seine ganze Körperhaltung hat mir gezeigt, unter welcher Anspannung er steht.

Vor der Tür wartet nur noch Aurelia.

»Wo ist Paula?«

Sie deutet auf das Dienstzimmer des Pflegepersonals. »Sie ruft den Staatsanwalt an. Wir benötigen ja einen neuen Durchsuchungsbeschluss, um noch mal ins Sektenhaus hineinzukommen.«

Leise treten wir in den Raum, doch Paula hat schon aufgelegt.

»Wir können starten. Der Staatsanwalt kommt auch dazu. Er hatte nämlich bereits ein nettes Gespräch mit dem Herrn Anwalt dieser Sekte und der hat behauptet, wir würden die Gruppe nur aus religionsfeindlichen Gründen unter Beschuss nehmen. Bei ihm ist die Hoffnung groß, dass wir endlich etwas finden, was unsere

These bestätigt, damit der Vorwurf aus der Welt geschafft werden kann.«

Schweigend machen wir uns auf dem Weg zur Sekte. Zwei Straßen vom Haus entfernt treffen wir uns mit den Kollegen der anderen Wache. Wir alle spüren eine deutliche Anspannung. Ich bin froh, viele der Kollegen aus anderen Einsätzen zu kennen, in denen sie sich als sehr fähig erwiesen haben.

»Die oberen Räume können wir außer Acht lassen. Wir nehmen uns ausschließlich den wahrscheinlich nachträglich eingebauten Keller vor.«

Der Staatsanwalt übernimmt sofort das Kommando. Auch wenn er mich sonst oft nervt, bin ich heute froh, dass er da ist. Wenn uns Marc McKenzie vor seinen Mitgliedern zur Sau machen würde, dann müssten wir ein bis zwei Leute für den Sektenführer abstellen. Außerdem weiß man nie, wie sich die Situation entwickelt. Aus friedlichen Menschen können wahre Furien werden, gerade wenn ihre sogenannten ›Führer‹ sie anheizen. Während sich der Staatsanwalt mit dem Anwalt befasst, können wir uns vermutlich in Ruhe umsehen.

»Wir werden uns auf die Keller konzentrieren. Im linken Flur hinten soll ein verschiebbares Regal sein. Wir wissen, dass auf beiden Flügeln solche Regale stehen. Ob sich aber hinter beiden ein Gang in den Keller befindet, wissen wir nicht. Schauen Sie bitte nach, ob auf der rechten Seite auch so etwas gebaut wurde.« Der

Staatsanwalt schaut uns alle an, ob wir auch jedes seiner Worte verstanden haben. Als alle zustimmend nicken, spricht er weiter.

»Es wird vermutet, dass dort unten eine Frau festgehalten wird und wir suchen auch noch eine weitere Frau, Maren Langenhagen. Die wird sich vermutlich nicht freiwillig in die Hände der Sekte begeben haben.«

Ich nicke erneut und spüre plötzlich, dass ich anfange, mit den Füßen zu scharren. Ich will nur noch loslegen und Maren aus den Fängen dieser Verbrecher holen. Paula schaut mich an und ich merke, dass sie am liebsten etwas zu mir sagen würde, sich aber zurückhält, weil wir nicht allein sind.

»Bitte denkt auch daran, dass einer unserer Zeugen von einem Scharfschützen getötet wurde. Wir müssen auf alles gefasst sein. Wichtig ist zudem, dass wir weiterhin die Mutter unseres Informanten suchen. Wir gehen immer noch davon aus, dass sie nicht tot ist.«, ergänzt Paula, die natürlich das letzte Wort haben muss. Aber ich gebe ihr Recht.

Das sind wichtige Informationen, auch wenn vermutlich jeder hier in der Runde mitbekommen hat, dass wir einen Zeugen verloren haben. Hoffentlich wird er der einzige bleiben.

An der Tür wird uns wieder ohne Klingeln geöffnet. Man könnte vermuten, dass wir erwartet wurden. Obwohl ich dem Mitglied den Durchsuchungsbeschluss vorgelegt habe, versucht er, uns den Zugang verweigern. Ich schiebe ihn ohne ein Wort zur Seite. Sofort fällt mein Blick auf das Ende des Flures. Das Regal ist zur Seite geschoben. Schnell laufe ich in die Richtung, denn ich sehe Rauch aufsteigen.

»Ruft Feuerwehr und RTW«, fordere ich meine Kollegen auf.

Ohne weiter darauf zu achten, ob mein Befehl angekommen ist, laufe ich weiter.

Paula und drei andere Kollegen sind mir dicht auf den Fersen.

»Die verbrennen etwas«, spricht Paula das Offensichtliche aus. Wir hören ein Jammern und Schreien. Mit der Waffe im Anschlag stürmen wir runter.

Ben und Marc McKenzie verbrennen Papiere, die sie aus den Kartons holen. Obwohl sie uns sehen, hören sie nicht auf. Sofort dränge ich Ben an die Wand. Ich spüre einen Schmerz am Bein, achte aber nicht weiter darauf. Ich bin an die glühendheiße Verbrennungstonne gekommen. Nachdem ich ihm die Handschellen angelegt habe, drehe ich mich um. Paula und ein anderer Kollege haben es geschafft, Marc McKenzie zu überwältigen. Dieser hat mehr Widerstand geleistet als sein Bruder. Wegen der starken Rauchentwicklung muss ich husten und die Sicht ist stark eingeschränkt.

Hoffentlich kommen wir nicht zu spät und können die Frau und eventuell auch Maren befreien. Nach Finn Baumann Beschreibung soll es der mittlere Raum sein. Kaum betrete ich diesen, wird mir fast übel. Der Gestank von Fäkalien und Urin wabern mir entgegen. Auf dem Bett liegt wimmernd ein Häufchen Elend. Nur auf den zweiten Blick wird mir klar, dass es sich hier um eine Frau handelt. Finn Baumann hat wirklich nicht übertrieben. Es sieht so aus, als wäre sie schon seit Jahren hier unten. Immer nur künstliches Licht, was dazu geführt hat, dass sie blass und mit rot unterlaufenen Augen daliegt. Ihre Beine liegen fast auf dem Bauch angewinkelt. Ich vermute, dass sie sie nicht mehr gerade strecken kann. Als ich ihre Arme greife, spüre ich, dass sie die auch nicht mehr strecken kann. Sie hat zu lange in einer Fehlstellung gelegen. Ihre Haare sind ausgefallen und der kleine Rest davon auf der Stirn ist verfilzt. Ich bin zwar kein Fachmann, aber ich bin mir sicher, dass sie nie wieder gesund werden wird.

Aus dem Nebenzimmer höre ich Paula nach einem Notarzt rufen. Sie hat offenbar noch jemanden gefunden. Eine mir nicht bekannte Stimme, wie ich vermute die eines Kollegen, ruft nach mir.

Ich bin innerlich zerrissen. Meiner Meinung nach müsste ich erst einmal die Frau beruhigen. Aber die Stimme hört sich dringend an.

»Ich bin gleich wieder bei ihnen. Es wird alles gut.« Das ist natürlich eine Lüge, denn so ein Erlebnis wird sie wahrscheinlich nie wieder vergessen können.

Aus welchen Raum kam der Ruf? Aber der Kollege winkt mich schon in den Nebenraum. Auch dort der gleiche Anblick. Ein Bett und sonst nichts im Raum, auf dem Bett liegt Maren. Mit wenigen Schritten bin ich am Bett. Sie ist blass und regungslos. Ihre Haare sind wie ein Fächer auf dem Bettkissen ausgebreitet. Ich kann keine Atmung spüren. Ich habe das Gefühl, dass mein Herz aussetzt. Vorsichtig strecke ich meine Hand nach ihr aus. Doch ehe ich sie berühren kann, zucke ich zurück.

»Ist sie…?« Ich schaue den Kollegen an und traue mich nicht auszusprechen, was ich denke.

»Sie ist nur bewusstlos. Der Doc ist aber noch im dritten Raum. Da liegt anscheinend Frau Baumann. Der geht es wohl ziemlich schlecht.« Ich bin unschlüssig, wo ich am meisten gebraucht werde. Aber ich höre schon, dass Aurelia bei der Frau nebenan ist und schaue wieder zu Maren. Verdammt, wieso musste sie auch hierherkommen? Sie hätte uns den Job machen lassen müssen. Hoffentlich behält sie keine bleibenden Schäden zurück und wir bekommen noch mal eine Chance, uns auszusprechen.

»Martin, komm mal. Wir haben etwas entdeckt. Dieser Flur ist ja eine einzige Fundgrube.« Hier sind mehr als die drei Frauen, die wir dringend in die Klinik bringen müssen. Schweren Herzens löse ich mich vom Bett.

»Was denn?« Es fällt mir schwer, wegzugehen. Sie kann es mir doch auch so sagen.

Vor dem Raum steht ein Kollege mit einem Gewehr.

»Ist es ein Kaliber 460?« Können wir etwa alles auf einmal lösen? Den Mord an Christian Meyer auch gleich mit?

Der Kollege nickt nur noch. Hoffentlich haben sie nicht die Fingerabdrücke zerstört. Die Feuerwehr hat, wie es aussieht, in dem ganzen Trubel den Brand in der Tonne gelöscht, in der die beiden Sektenführer Papiere verbrennen wollten.

Dann fällt mir der Sektenführer ein und meine Wut auf ihn muss raus. Ich gehe zu ihm hin. Er schaut mich mit einem dämlichen Grinsen an.

»Nein, ich habe deiner Maus nichts getan.« Als er meinen entsetzten Blick sieht, spricht er weiter. »Ja glaubst du wir haben euch aus dem Blick gelassen? Ich weiß genau, was ihr die letzten Tage gemacht habt.«

Mit drei Schritten bin ich bei ihm, drücke ihn an die Wand und hebe meine Faust. Doch ehe ich zuschlagen kann, werde ich nach hinten gerissen. Ein Kollege der anderen Wache hält mich fest.

»Das lohnt sich nicht. Für das, was wir hier gefunden haben, wird er wohl für eine lange Zeit weggesperrt werden. Geh lieber nach oben und atme tief durch.«

Er hat natürlich Recht, aber ich habe Mühe, mich zu beruhigen. Aurelia nimmt mich am Arm und zieht mich in Richtung Ausgang. Kurz bevor wir an der Treppe stehen, drehe ich mich noch einmal um.

»Das werden Sie bereuen. Ich werde alles bis ins Kleinste aufdecken und dann werden Sie und ihr feiner Herr Bruder für lange Zeit ins Gefängnis wandern.« Ein hämisches Lachen begleitet mich den Weg nach oben.

Auf einmal geht alles sehr schnell. Sanitäter transportieren alle drei Frauen ab. Frau Baumann geht es so schlecht, dass sie vermutlich auf die Intensivstation kommt.

Ohne dass ich es mitbekommen habe, wurden die beiden Sektenführer abgeführt. Sie werden noch heute dem Haftrichter vorgeführt. Die Gefahr ist zu groß, dass sich die beiden aus dem Staub machen könnten.

Seltsamerweise sind die Sektenmitglieder sehr still und haben sich in ihren Gemeinschaftsraum verzogen. Was machen wir nun mit denen? Hierbleiben können sie nicht, denn die Spurensicherung wird das ganze Haus auf den Kopf stellen müssen.

»Es kommen gleich Wagen, die die Mitglieder in andere Unterkünfte bringen. Einige haben noch ein zweites zu

Hause, wo sie erst einmal hinkönnen.« Aurelia steht vor mir mit einer Liste aller Mitglieder.

Paula hat sofort die Organisation übernommen, die Kollegen schleppen Kartons und Kisten nach oben. Auch wenn sie alle nach Rauch riechen und teilweise dunkelschwarz vom Ruß sind, kann man immer noch ein »Important« darauf erkennen. Vorsichtig öffne ich einen Karton. Darin befinden sich verschiedene Ordner. Überall stehen Namen drauf, aber keiner sagt mir etwas.

Aurelia, die einen anderen Karton geöffnet hat, zieht einen Ordner heraus. Als sie ihn öffnet, fallen Bilder zu Boden.

Das sind Fotos von Männern und Frauen, nackt und in sehr eindeutigen Sexstellungen. Vorsichtig hebe ich eins nach dem anderen auf.

»Ach, schau mal einer an. Hier, ist das nicht der eine Politiker, der immer wieder im Fernsehen ist und sich gegen die Prostitution auf der Reeperbahn ausspricht?«

Aurelia schaut zu mir und nickt.

»Was ich hier habe, übertrifft das aber noch«, sagt sie und nennt mir einen Namen, den ich jedoch nicht kenne. Ich zucke nur mit den Schultern.

»Martin, sagt der dir wirklich nichts?« Es scheint für Aurelia absolut überraschend zu sein, dass ich den Namen nicht kenne. Ich habe keine Lust, dass sie mir jetzt einen Vortrag hält. Wenn wir die Akten gesichtet haben, dann werde ich so oder so noch alle kennenlernen. Mein Schweigen hält sie aber nicht ab, mir alles zu erzählen. Ich staune aber auch nicht schlecht, was ich da so höre.

»Frank Appelmeyer ist ein katholischer Pfarrer, der Sex außerhalb der Ehe als verwerflich ansieht. Er hat ein Buch geschrieben, bei dem sogar strenggläubige Katholiken aufgeschrien haben.«

Na ja, wenn ich mir die Bilder so ansehe, könnte ich über die Doppelzüngigkeit dieses Herrn nur kotzen.

Beim Überfliegen der Akten fallen mir ein, zwei Namen auf, die ich kenne und andere, bei denen ich mir unsicher bin. Auf den Bildern ist immer die gleiche Frau zu sehen. Ich bin sicher, dass wir diese das letzte Mal auf dem Frauenflur gesehen haben.

Schnell lege ich die Akten weg und laufe hoch. Diese Frau müssen wir uns sofort vorknöpfen.

»Paula, sind die Mitglieder schon weg?« Sie schüttelt den Kopf und zeigt auf die beiden Räume. Ohne weiter auf sie zu achten, steuere ich direkt das Zimmer der Frauen an.

Ein Glück – hinten in der Ecke sitzt sie.

»Mitkommen.« Ohne auf das Gezeter der anderen Frauen zu achten, hole ich sie raus.

Langsam und mit geduckter Haltung folgt sie mir.

»Sie werden mit meinen Kollegen auf die Wache fahren. Wir müssen miteinander reden.«

Ich hatte erst gedacht, dass sie sich auf ihre Religion berufen wird, aber sie nickt nur schweigend. Ich sehe ihr an, dass sie genau weiß, warum ich sie mit einer harten Stimme anspreche.

Paula schaut mich nur verwundert an, schweigt aber. Vor der Tür bitte ich einen Kollegen, der gerade vorbeigeht, Aurelia Bescheid zu geben, dass wir abfahren wollen.

»Martin, magst du mich nicht aufklären?« Paula ist leicht genervt, denn sie hasst es, wenn sie nicht weiß, was passiert.

»Wir haben unten ganze Kartons mit Akten gefunden, auf denen mehr oder weniger prominente Namen draufstehen. Dabei sind Fotos mit dieser Dame in eindeutigen Posen. Ich denke, wir haben die wirkliche Einnahmequelle der Sekte gefunden.«

Paula zieht erstaunt die Augenbrauen hoch, aber sie schweigt.

Da wir hier nicht mehr viel tun können und abwarten müssen, dass die Spurensicherung ihre Arbeit beendet, fahren wir zurück ins Büro.

Ein Blick auf die Uhr sagt mir, dass es schon weit nach zwanzig Uhr ist. Heute werden wir beim Haftrichter wohl nichts mehr erreichen. Das werden wir für unsere Verdächtigen auf morgen verschieben müssen. Ich drehe mich zu Paula um. Außerdem zieht es mich ins

Krankenhaus zu Maren. Wie es ihr wohl geht? Ich kann mich momentan nicht mehr auf die Arbeit konzentrieren.

»Heute werden Sie auf der Wache bleiben. Dort werden Sie in einer Zelle allein sein. Morgen früh geht es dann direkt zum Haftrichter.«

Paula dreht sich zur Verdächtigen um. Die schaut nur schweigend auf den Boden.

Seitdem wir sie aus dem Zimmer geholt haben, hat sie kein Wort mit uns geredet. Still und schon fast ergeben sitzt sie mit uns in einem Raum.

Auch als ich sie in die Zelle bringe und ihr erkläre, dass sie rufen muss, wenn sie etwas braucht oder wenn es Probleme gibt, schaut sie nur auf den Boden. Ich bin mir sicher, dass wir nicht viel aus ihr herausbekommen werden. Ist es die Angst vor den beiden Brüdern oder schämt sie sich für das, was sie getan hat? Ich hoffe für sie, dass meine zweite Vermutung zutrifft.

25. Kapitel

Martin

Anstatt nach Hause zu fahren und mich nach so einem Tag auszuruhen, fahre ich auf direktem Weg ins Krankenhaus. Ich muss Maren treffen. Die Sorge um sie frisst mich auf. Ich kann mich kaum auf den Verkehr konzentrieren. Ich habe zwar schon gehört, dass es Maren gut geht und sie wohl in ein oder zwei Tagen entlassen werden kann. Doch Finns Mutter und der Frau, die ich gefunden habe, geht es noch sehr schlecht. Frau Baumann ist auf der Intensivstation und wird dort noch einige Tage verbringen.

Mit schnellen Schritten erreiche die Station.

»Ich suche Frau Langenhagen. Wo ist ihr Zimmer?« Ich weiß nicht, ob meine barsche Stimme sie verunsichert oder ob Maren doch etwas passiert ist und man uns nicht informiert hat. Auf jeden Fall erkenne ich sofort, dass die Stationsschwester ein besorgtes Gesicht macht.

»Hier ist keine Frau Langenhagen.« Während sie das sagt, geht sie vorsichtig einige Schritte rückwärts in Richtung des Stationszimmers. Sofort ziehe ich meinen Dienstausweis und sehe, wie sich das Gesicht der Schwester entspannt.

»Entschuldigen Sie, aber wir wurden informiert, dass wir sofort die Polizei rufen sollen, wenn jemand nach ihr fragt. Ehrlich gestanden hätte ich um diese Uhrzeit nicht mehr mit einem Besuch der Polizei gerechnet.«

»Ich bin nicht dienstlich hier. Ich würde gerne wissen, wie es ihr geht.« Sofort entspannt sich das Gesicht der Schwester und sie lächelt.

»Das darf ich ihnen natürlich nicht sagen. Aber wenn sie möchten, können Sie kurz nach ihr sehen. Sie ist gerade wach und würde sich mit Sicherheit über einen Besuch von ihnen freuen.«

Ich bin da nicht so optimistisch wie die Krankenschwester. Natürlich hoffe ich es auch, aber gerade unsere letzten beiden Treffen waren nicht besonders erfreulich.

Resolut klopft sie an eine Tür am Ende des Flures.

»Herein.« Auch wenn die Stimme leise ist, durchzieht mich sofort wieder ein Kribbeln.

»Ich hab' Besuch für Sie mitgebracht.« Freundlich lächelnd schiebt mich die Schwester ins Zimmer.

Marens Lächeln, das sie der Schwester geschenkt hat, erlischt.

»Was willst du denn hier?« Ihre Stimme lässt mir das Blut in den Adern gefrieren. Ich habe mit vielem gerechnet, aber nicht mit dieser Härte und Kälte.

»Oh ich dachte, der junge Mann wäre ein Freund von ihnen.« Sofort dreht sich die Schwester zu mir um und hebt die Hände, als würde sie mich rauswerfen wollen.

Kleinlaut beginne ich zu sprechen.

»Ja, das dachte ich bis vorgestern auch noch, doch ich habe ziemlichen Mist gebaut und so ist es Marens gutes Recht, wütend auf mich zu sein.« Ich habe noch nie mit Fremden über eine Beziehung gesprochen und erkenne mich dabei selbst nicht wieder. Aber da ich nun mal angefangen habe, kann ich nicht mehr aufhören.

»Wissen Sie, als Polizist hört man manchmal die Fliegen husten. Leider ist es manchmal nicht mal eine Fliege und man hat einfach dem Schmutz eingeredet, die Fliege zu sein.« Ein Grummeln entweicht Maren, aber ich traue mich immer noch nicht, sie anzusehen.

»Nun ja und so ein Kerl von Mann wie ich es bin, der rennt dann davon und handelt sich dabei einen riesigen Ärger mit seiner Kollegin ein.«

Bei dem »Kerl von Mann« muss die Krankenschwester kichern.

Doch ein Blick auf Maren zeigt mir, dass meine Entschuldigung noch nicht bei ihr angekommen ist.

»Nun ja und dann wollte halt dieser Kerl erst mal den Fall retten und herausfinden, ob seine Vermutung stimmt. Anstatt der Frau, die irgendwie sein Herz berührt hat, zu vertrauen, vermutete er, dass sie mit der Sekte unter einem Hut stecken könnte.«

Bei dem Wort »Sekte« kommt Leben in Maren.

»Du hast wirklich ernsthaft geglaubt, dass ich mit dieser Sekte unter einem Hut stecke? Kannst du mir mal erzählen, wie du auf so einen Blödsinn kommst?«

Endlich redet sie wieder mit mir. Langsam schöpfe ich wieder Hoffnung.

»Nun ja, ich bin es nicht gewohnt, ein Date auf einem Friedhof zu haben. Dann noch das Buch auf deinem Sofa.« Ich höre die Krankenschwester, deren Namen ich immer noch nicht kenne, lachen. Ich hatte sie schon fast vergessen und nun drehe ich mich zu ihr um.

»Ich glaube, es ist besser, Sie lassen uns einen Moment allein. Ich werde Frau Langenhagen weder töten, noch ihr sonst etwas antun. Sollte sie den Wunsch haben, dass ich gehe, werde ich sofort den Raum verlassen.« Mein Blick wandert zu Maren und ich merke mit Freuden, dass sie mich nicht rauswerfen will. Dafür geht die Schwester ohne ein weiteres Wort aus dem Raum.

»Maren, es tut mir wirklich leid.«, versuche ich, mich zu entschuldigen, doch sie unterbricht mich sofort.

»Irgendwie hat unsere Beziehung Starschwierihkeiten, oder?« Mit nach innen gezogenen Lippen schaut sie mich an. Mit traurigen Augen blickt sie mich an.

Ich versuche ihr vorsichtig zu erklären, was ich fühle.

»Ja, da hast du Recht, aber es liegt nur an mir.«

Wütend schaut sie mich an und unterbricht mich.

»Oh ja das kenne ich doch zu genüge.« Ihre Stimme wird höher während sie fortfährt.

»Es ist nicht deine Schuld. so, wie du bist. Es liegt nur an mir. So ein Blablabla.«

Geschockt über ihren Ausbruch weiß ich erst gar nicht, was ich sagen soll, aber dann wird mir klar, dass ihre Beziehungen vorher wohl öfters so beendet wurden.

»Nun warte mal eben kurz. Ich will doch gar nicht Schluss machen.« Ich halte kurz inne, um nach den richtigen Worten zu suchen.

»Ich meine, wir waren ja nicht einmal zusammen. Aber es geht mir um etwas anderes, als du denkst.«

Sofort unterbricht sie mich und mit ihrer kühlen Stimme redet sie auf mich ein.

»Natürlich waren wir nicht zusammen, dass macht es noch leichter für dich, nicht wahr?«

Ich muss mich zusammenreißen, um sie nicht anzuschreien. Sie will anscheinend momentan nur das Negative hören.

Ich atme tief ein und setze erneut an.

»Maren, magst du mir einmal kurz zuhören. Nur kurz, bitte?«

Nickend stimmt sie mir zu.

»Danke. Ich finde dich faszinierend.«

Wieder schnaubt sie, als würde sie es nicht wirklich hören wollen, was ich zu sagen habe.

»Bitte, nur ein paar Sätze.«

Ich lege meine ganze Hoffnung in diesen Satz.

Sofort schweigt sie wieder und ich fahre fort.

»Ich habe den Fehler gemacht, dass ich dich während des laufenden Falles kontaktiert habe. Ich bin gerade in diesem Fall unter größter Anspannung gewesen und wie ich eben schon sagte: Ich höre da dann die Flöhe husten, bin misstrauisch gegen alles und jeden. Als ich das Buch auf deinem Sofa gesehen habe und dann das Treffen auf dem Friedhof, nun ja ich dachte: Das ist doch alles nicht normal und bin geflüchtet. Ich wollte unter gar keinen Umständen diesen Fall gefährden.« Ich bemerke ihren wütenden Blick und spreche schnell weiter.

»So wie du unter allen Umständen Finn Baumann schützen wolltest, wollte ich den Fall lösen.«

Bei der Erwähnung des Namens ihres Schützlings erscheint ein Lächeln auf ihrem Gesicht.

»Aber wie kamst du auf diese absurde Idee? Nur wegen eines Buches?« Nun wird ihr Lächeln breiter. »Du hast wohl vergessen, dass ich Religionslehrerin bin und damit auch das Thema Sekten behandle. Ich wollte es gerade vor dem Hintergrund dieser Angelegenheit ein wenig anders aufbauen.«

Oh Mann, ich bin wirklich ein Idiot! Auf die Idee, dass sie es für die Schule brauchte, wäre ich nie gekommen. Etwas kleinlauter fahre ich fort.

»Na ja, und als du dann dieses Gedicht auf dem Friedhof vorgetragen hast …« Oh mein Gott, wie kann ich es erklären?

»Was war da?«. fragt sie entgeistert. Ich kann ihr ansehen, dass sie nicht weiß, worauf ich hinauswill.

»Nun ja, du hast besonders die christlichen Worte so seltsam betont.«. Ich weiß, dass meine Erklärung seltsam ist. Aber wie soll ich es ihr sonst erklären, wie ich auf diese Idee gekommen bin.

»Ich habe was?« Nun schaut sie mich an, als wäre ich vom Mars gekommen.

Mühsam versucht sie, sich aufzurichten, denn sie hat noch eine Infusion in der Armbeuge.

Während ich ihr helfe, versuche ich, von der Geschichte abzulenken.

»Gar nicht so einfach mit den Schläuchen, oder?«

»Lenk nicht ab. Was hast du damit gemeint?«, antwortet sie unwirsch.

»Du hast Jesus und Christus so seltsam betont.«

Ihre Stimme ist kühl, als sie mir antwortet.

»Natürlich! Ich bin Christin. Ich glaube an Gott und natürlich auch an Jesus und den Heiligen Geist. Aber das macht mich doch nicht zu einem Mitglied in einer Sekte. Was denkst du dir eigentlich?«

»Es tut mir leid. Ich weiß, dass ich das nicht wieder gut machen kann. Aber ich kann dich nur um Verständnis bitten. Ich habe in diesen Tagen einen Zeugen verloren und hatte jemanden, der einen Mord an seiner Mutter detailgetreu gestanden hat. Und es ist dennoch nicht wahr.« Einen Moment stocke ich, ehe ich weitersprechen kann.

»Aber das Seltsamste bei der ganzen Geschichte waren meine Gefühle.«

Nun ist es raus und ich hoffe, sie lässt mich vom Haken. Ich werde aber sofort eines Besseren belehrt.

»Was meinst du damit?«, fragt sie, obwohl sie genau weiß, was ich meine. Aber sie will es hören.

Unruhig laufe ich im Raum auf und ab, denn ich habe einer Frau noch nie gesagt, dass ich Gefühle für sie hege.

»Martin, so schwer kann es doch nun wirklich nicht sein, es zu sagen.«

Sofort drehe ich mich um.

»Wenn du wüsstest. Ich habe das noch nie zu einer Frau gesagt und ich frage mich: Wieso gerade jetzt? Ich sage immer wieder: Es ist ein typisches Hafengeburtstagsphänomen.«

Sie zieht die Augenbrauen hoch und ich sehe ihr an, dass sie für meinen Satz kein Verständnis hat. Wie auch, denn selbst ich weiß ja nicht einmal, wieso ich das so empfinde.

»Hafengeburtstagsphänomen?«, hakt sie nach. Auf diesem Terrain fühle ich mich wieder wohl.

»Seitdem ich Polizist bin, und das bin ich schon sehr lange, habe ich immer rund um den Hafengeburtstag Dienst.« Ich sehe ihrem Gesicht an, dass sie nicht nachvollziehen kann, was ich meine. Also rede ich schnell weiter.

»Immer ist genau dann etwas Seltsames passiert. Dieses Mal ist etwas passiert, was sogar meine Kollegen vorhergesehen haben: Ich habe mich verliebt.« Nun ist es endlich raus und ich fühle mich erleichtert.

Ein entspanntes Lächeln breitet sich auf Marens Gesicht aus.

»War es so schlimm, es auszusprechen?«

Ich bin froh und erleichtert darüber, zugegeben zu haben, dass ich mich verliebt habe. Es war sogar leichter als gedacht.

»Nein.« Sie kichert leise und rückt ein wenig zur Seite, damit ich mich neben sie aufs Bett setzen kann.

»Was sagt eigentlich der Arzt?«, frage ich.

Sofort wird sie wieder ernst.

»Ich muss zwei, drei Tage hierbleiben. Dann kann erst ausgeschlossen werden, ob das Medikament, das sie mir gegeben haben, noch Nachwirkungen hat.«

Ich bin erleichtert.

»Das ist zum Glück nicht so lange.«

Sofort braust sie auf. »Du hast gut reden. Was ist mit meinen Schülern? Sie haben alle in den nächsten Tagen und Wochen Prüfungen. Ich kann doch nicht so einfach ausfallen!«

Es hätte mir klar sein müssen, dass sie nur an ihre Schützlinge denkt und nicht an sich.

»Das werden die schon schaffen. Und wenn du wieder gesund und fit bist, darfst du sie wieder umsorgen.« Nach diesen Worten entspannt sie sich. Vorsichtig setze ich mich neben sie ins Bett und umarme sie. Wir beide genießen die Nähe.

Erst eine Stunde später wirft mich die nette, aber doch sehr resolute Schwester hinaus.

26. Kapitel

Finn

Ist es wirklich vorbei? Ich soll meine Mutter nicht getötet haben? Die Polizistin, die mir gegenübersteht, lächelt mich fröhlich an. Doch ich kann mich nicht freuen. Natürlich ist es schön, dass ich ab sofort wieder selber entscheiden darf, ob ich in einem Raum bleibe oder die Station verlasse. Aber andererseits ist meine Mutter noch am Leben, was wiederum heißt: Sie kann wieder Kontrolle über mich nehmen.

»Herr Baumann, Sie brauchen sich keine Sorgen zu machen. Man wird Ihnen helfen. Sie müssen sicher nicht zurück zu ihrer Mutter.«

Wohin soll ich denn jetzt gehen? Anscheinend habe ich zwei Jahre in einer Sekte gelebt, die mindestens einen Menschen töten ließ und andere massiv unterdrückte. Ich habe noch nie allein gelebt und habe daher auch keine eigene Wohnung.

»Herr Baumann, ich kann ihre Sorgen verstehen«, sagt die Polizistin. Als ob sie das wirklich könnte. Ich bin zwar gerade erst aufgestanden, doch ich verspüre eine Müdigkeit wie noch nie.

»Ich will ins Bett. Seien Sie mir nicht böse.« Ich will kein Wort mehr hören. Es ist zu viel.

»Herr Baumann, Sie sollten erst einmal hierbleiben, es ist wahrscheinlich das Beste für Sie.«

Die weiche Stimme ist so grausam. Das Beste für mich? Wer weiß schon, was das Beste ist? Am besten wäre es doch gewesen, wenn es mich erwischt hätte und nicht Christian. Viele Leben sind durch mich und diese Sekte kaputtgemacht worden.

An der Tür dreht sich die junge Polizistin um.

»Ach, ich habe ganz vergessen, es ihnen zu erzählen: Frau Langenhagen geht es gut. Sobald sie das Krankenhaus verlassen hat, wird sie zu ihnen kommen. Leider konnten wir sie nicht hierherbringen, da wir sie noch auf einer Krankenstation mit erhöhten Sicherheitsstandard untergebracht haben. Ich vermute aber, dass sie sich im Laufe des Tages bei ihnen melden wird.«

Verdammt, was bin ich für ein egoistisches Arschloch. Ich habe, seit die Polizistin hier war, nicht einmal über Frau Langenhagen nachgedacht. Was hätte ich nur gemacht, wenn ihr etwas passiert wäre? Ich spüre etwas Feuchtes auf meiner Lippe. Mit der Zunge versuche ich, es wegzuwischen. Es schmeckt salzig. Weine ich? Wie schwach bin ich, dass ich weine! Meine Mutter wird mir die Hölle heißmachen. Doch nicht heute, heute werde ich nur noch schlafen.

27. Kapitel

Martin

Ich bin so müde und brauche erst mal einen Kaffee. Gestern war ich erst gegen 23 Uhr zu Hause und konnte dann auch nicht gleich einschlafen. Heute wird ein langer Tag. Der Staatsanwalt will kommen, die Verhöre werden beginnen und wir müssen alle Inhaftierten dem Haftrichter vorführen. Aber wir werden damit auch einen Fall beenden, der die Hansestadt Hamburg noch erschüttern wird. Wie schnell so etwas gehen kann, hätte ich nie gedacht. Doch die Sexbilder, die wir gefunden haben, werden einen Riesenskandal auslösen. Vermutlich werden einige Politiker ihren Platz verlassen müssen. Im Dienstraum treffe ich auf Paula, die schon bei Finn Baumann war, um ihn auf dem neusten Stand der Ermittlungen zu bringen. Wir hatten noch kurz telefoniert und auch wenn sie darüber nicht begeistert war, hat sie dieses Mal nicht gegen den Besuch bei Maren gewettert.

»Paula und Martin, kommt rein«, hören wir Karstens barschen Befehl. Auf seinem Schreibtisch liegt eine Tageszeitung und auf der Titelseite ist das Bild eines Senators mit der Frau, die wir gestern festgenommen haben und die Hagenstein heißen soll, auf der Titelseite.

»Könnt ihr mir sagen, wie das passieren konnte?« Sprachlos schaue ich ihn an. Paula ist die Erste, die ihre Stimme wiederfindet.

»Was denkst du denn, Karsten?«, antwortet sie im gleichen Tonfall.

»Ach, ich habe keine Ahnung. Aber die Senatskanzlei hat angerufen und fordert eine lückenlose Aufklärung der Angelegenheit.«

»Das kann ich dir auch so sagen. Der Senator ist mit einer Frau, allerdings nicht seiner eigenen, in die Kiste gegangen und hat sich dann auch noch erpressen lassen.« Also was denken die von der Kanzlei eigentlich, dass wir hier Däumchen drehen, oder wie?

»Die Senatskanzlei will wissen, wie das Bild an die Presse gegangen ist.«

Sofort beginnt mein Herz zu rasen und ich höre das Blut in den Ohren rauschen.

»Glauben die etwa, wir wären das gewesen?« Ich merke, dass meine Stimme zittert. Wie oft müssen wir die Kohlen aus dem Feuer holen, wenn die was verbocken. Die Leute gehen auf die Straße und wir müssen den Kopf hinhalten, um die Politiker zu schützen. Aber wehe einer von ihnen hat Bockmist gebaut, dann suchen sie den Schuldigen woanders. Aber dieses Mal werden Kopfe rollen.

»Ja, das denken sie. Aber ich will, dass unser Name reingewaschen wird. Findet heraus, wer der Zeitung das Bild zugespielt hat. Ich vermute stark, dass es einer der Sektenführer war.« Endlich scheint Karsten wieder zu Besinnung zu kommen.

Aurelia ist auch schon im Büro, räumt ihren Tisch auf und macht Anstalten zu gehen.

»Musst du weg?«, fragt Paula mit trauriger Stimme.

»Ich dachte, ihr braucht mich nicht mehr.«

»Nicht mehr brauchen? Bist du verrückt? Nun geht die Arbeit los. Du darfst meine Schreibarbeit machen«, versuche ich, einen Witz zu machen, aber die Antwort ist nur, dass Paula mir auf die Schulter schlägt.

»Quatsch! Du bringst das mit uns noch zu Ende. Auch wenn ich vermute, dass wir nicht viel aus denen rausbekommen. Aber vermutlich reicht das, was wir haben, um alle drei hinter Gitter zu bringen und das für viele, viele Jahre.«

Sichtlich froh packt Aurelia alles auf den Tisch zurück. Wie kann sie nur auf die Idee kommen, dass sie nicht mehr gebraucht wird? Sie hat uns von Anfang bei dem Fall begleitet und nun soll sie auch gemeinsam mit uns die Lorbeeren ernten.

Während ich darüber nachdenke, klopft es an der Tür.

Mark schaut rein und fragt breitlächelnd.

»Wen soll ich euch denn zuerst bringen? Den Meckerfritzen, den Stillen oder lieber die ewig Weinende?«

»Den Meckerfritzen!«

»Den Stillen!«

»Bitte nicht die Heulende!«, sprechen wir alle drei wild durcheinander und müssen lachen.

»Ich sehe schon, ihr seid euch einig. Ihr wollt nicht die Hagenstein, also bringe ich sie euch.«

Unser »Hej« hört er nicht mehr, so schnell ist er wieder verschwunden. Doch vielleicht ist das auch nicht schlecht, denn immerhin sollen wir ja so schnell wie möglich herausfinden, wie das Bild an die Presse gekommen ist.

Im Besprechungsraum warten wir auf sie und sind dann doch geschockt, als sie reinkommt und sofort weinend gesteht.

»Ich wollte das nicht, aber ich musste doch meine Schwester retten. Sie war in den Fängen dieser Bastarde …«

Die letzten Worte gehen in ihrem Weinen unter.

»Beruhigen Sie sich erst mal und klären uns dann in Ruhe auf.« Beruhigend spricht Paula auf sie ein.

Ein lautes Schnäuzen in den Jackenärmel ist die Antwort.

Die Sekunden vergehen wie Stunden, bis sie endlich zu sprechen beginnt.

»Sie haben gestern Laura McKenzie aus dem Keller befreit …« Sofort unterbricht sie sich und ihre Augen füllen sich wieder mit Tränen. Ehe sie wieder ihre Jacke als Taschentuchersatz benutzt, reicht Aurelia ihr eine Packung Taschentücher.

»Ja, das haben wir, aber was hat das damit zu tun?« Mit diesen Worten schiebe ich ihr die aktuelle Zeitung mit dem Bild rüber.

Sie schaut nur flüchtig drauf und starrt dann die Wand an, ehe sie weiterspricht.

»Laura ist meine Schwester. Sie war schon vor mir in der Gruppe und hatte sich Hals über Kopf in Marc verliebt.«

Ich frage mich, wie man sich in so ein Ekelpaket verlieben kann. Aber ich mache auch viel Mist und Maren hat sich trotzdem in mich verliebt. Sofort schüttele ich die Gedanken ab und versuche, mich wieder auf den Fall zu konzentrieren.

»Dann hat sich meine Schwester aber immer mehr gewundert, dass die Sekte über so viel Geld verfügt und das, obwohl wir doch nichts machen, womit wir Geld verdienen könnten.«

Ich bemerke, dass wir alle drei die Luft anhalten und endlich dieses Geheimnis gelüftet sehen wollen.

»Und wie hat es die Sekte geschafft?« Paula schaut sie fordernd an, aber wieder verfällt die Frau in Schweigen.

»Frau Hagenstein, bitte beantworten Sie unsere Frage.« Noch versuche ich, höflich zu bleiben, doch erfahrungsgemäß kann sich das schnell ändern. Aber dann fährt sie fort, als hätte sie gespürt, dass ich allmählich wütend werde.

»Am Anfang konnten sie wohl sehr gut vom Erbe leben, das ihre Eltern ihnen hinterlassen haben. Aber Sie haben ja sie selbst erlebt und auch das große Grundstück gesehen. Allein die Stromkosten haben jeden Monat ein kleines Vermögen gekostet. Dann mussten sich Marc und Ben etwas Neues überlegen.«

Aurelia stöhnt laut auf, als sie diese Worte hört. Es ist völlig klar, dass die Versorgung von knapp 100 Mitgliedern eine kostspielige Sache ist.

»Ja, dann haben die Männer Bücher über die Weisheit und über das Lernen geschrieben und haben sich ein wenig an Scientology gehalten, doch auch da war der Erfolg eher mäßig.«

Na, das kann ich mir gut vorstellen, denn jedes Kind weiß doch, dass die Scientologen in Wirklichkeit ihr Geld machen, indem sie irgendwelche reichen Leute in ihre Sekte holen. Durch deren Bekanntheitsgrad werden wieder andere angezogen, die über viel Geld verfügen. Die machen ihr Geld nicht mit irgendwelchen Büchern.

»Dann haben die Brüder einen Mann vom Kiez kennengelernt. Er hatte wohl irgendwann im Spaß gesagt, dass Geld in der Erpressung zu finden sei.«

Ich wage zu bezweifeln, dass er das im Spaß gesagt hat. Es ist allgemein bekannt, dass Erpressung eine lukrative Einnahmequelle ist, seitdem sich die Machtverhältnisse auf dem Kiez geändert haben.

»Was ist dann passiert, Frau Hagenstein?«, bohrt Paula weiter.

»Na ja, erst hatten sie eine Dame vom Gewerbe, die diese Sexarbeit übernommen hatte. Das hat meine Schwester irgendwann rausbekommen, als sie das Büro ihres Mannes gereinigt hat.«

Sie zittert am ganzen Körper.

»Und was war dann?«, hakt Paula nach, damit die Frau weiterspricht.

»Das Grauen begann. Oh mein Gott, wenn ich nur die Zeit zurückdrehen könnte. Es war schrecklich.«

Sofort greift sie zum Taschentuch und schnäuzt sich lautstark aus.

»Meine Schwester wollte aussteigen. Sie wollte das Ganze nicht mehr mitmachen. Doch niemand verlässt einen McKenzie. Sie haben sie sofort im Keller eingesperrt und mir gedroht, dass sie mich umbringen würden, wenn ich nicht das mache, was sie wollen.«

Ja, das passt zu den beiden.

»Wann war das?«, frage ich sie. Warum hat sie nie die Polizei eingeschaltet? Als hätte sie meine Gedanken gelesen, spricht sie sofort weiter.

»Ich konnte mich nicht mehr frei bewegen. Egal, wo ich hinging, es war immer einer von ihnen dabei. Wenn ich mal gesagt habe, dass ich nicht mehr mitmache, zeigten sie mir ein Bild meiner Schwester und drohten immer wieder, dass sie sie umbringen werden. Also habe ich weitergemacht.«

Irgendwie tut sie mir beinahe leid. Was muss sie durchgemacht haben, um ihre Schwester zu retten? Aber ich bezweifle, dass es in all der Zeit keine Möglichkeit gegeben haben soll, uns zu informieren.

»Wie ist das Bild von ihnen und dem Senator an die Presse gekommen?«, fragt Paula und schiebt ihr die Zeitung näher hin. Doch sie schaut nicht einmal hin und zuckt nur mit den Schultern.

»Wollen Sie uns etwa sagen, dass Sie nicht wissen, wer das gemacht hat?«

»Na einer von den beiden Bastarden natürlich. Was denken Sie denn?«

Ich merke, dass wir nicht mehr weiter kommen werden und so stehe ich auf, um den Raum zu verlassen.

»Ein Kollege wird gleich herkommen und Sie wieder runter bringen«, sage ich noch.

»Ich bin unschuldig, habe alles nur wegen der Erpressung gemacht«, ruft sie mir hinterher.

Sofort drehe ich mich um.

»Sie waren doch allein mit den Männern. Hätten Sie nicht dort jemanden um Hilfe bitten können? Oder standen die Beiden immer mit am Bett?«

»Nein, nicht am Bett. Aber die Wohnung war verwanzt. Und einer der Brüder war immer im Nebenraum hinter dem Spiegel und hat die Bilder gemacht. Was meinen Sie, wie schnell die gekommen wären, wenn ich etwas verraten hätte?«

»Wo ist die Wohnung?«, fragt Paula und steht sofort auf. »Auch da müssen wir alles sichern.«

Nachdem sie uns die Adresse genannt hat und wir uns sicher sein können, dass sie nichts mehr weiß, was uns weiterhelfen kann, lassen wir sie wieder in ihre Zelle bringen. Ob sie wirklich glimpflich davonkommen wird, bezweifle ich stark. Denn es sind auch Richter und Anwälte unter den Erpressungsopfern.

Da wir dringend die beiden Sektenführer verhören wollen, schicken wir Kollegen in die Wohnung und hoffen, dass sie dort fündig werden.

28. Kapitel

Finn

Warum meldet sich Frau Langenhagen nicht? Ist doch etwas Schlimmeres passiert? Ob ich sie anrufen darf? Aber wo genau ist sie? Man hat mir das gar nicht gesagt. Wieder sitze ich hier in diesem Raum und kann mich nicht frei bewegen. Aber halt! Meinte nicht die Polizistin vorhin, dass ich mich frei bewegen darf? Sie mir aber raten würde, dass ich noch auf der Station bleiben sollte, um alles zu verarbeiten? Ich werde einfach mal schauen, ob ich raus darf und an ein Telefon herankomme.

Bis zur Tür der Schwestern komme ich ohne Probleme, doch die Tür zum anderen Teil der Station ist abgeschlossen. Ich wurde also angelogen. Wieso nur?

»Herr Baumann, möchten sie ein wenig spazieren gehen?«

Die junge Schwester, die vor mir steht, lächelt mich freundlich an. Ein Blick aus dem Fenster macht mir zu große Angst vor dem echten Leben da draußen. Aber ich möchte gern Frau Langenhagen anrufen.

»Kann ich hier irgendwo telefonieren?«, frage ich und krame in meinen Taschen. Doch dann fällt es mir wieder ein: Ich habe gar kein Geld mit. Ich habe nur das, was ich am Leib trage und wenn ich ehrlich bin, dann ist das auch nicht meins.

»Es tut mir leid«, sage ich ehrlich entschuldigend. »Ich habe gar kein Geld und kann gar nicht telefonieren.«

Die Schwester lächelt freundlich. »Keine Sorge, Sie können trotzdem telefonieren. Nutzen Sie einfach unser Stationstelefon, Sie müssen nur eine Null vorwählen.« Mit diesen Worten schiebt sie mich in ihr Büro.

Aber vor was soll ich die Null wählen? Ich spüre, wie mir Tränen in die Augen schießen. Ich habe gar nicht ihre Nummer.

»Es ist lieb, aber ich weiß ja nicht mal, wo Frau Langenhagen liegt. Die Polizistin meinte nur, dass sie auf einer Station liegt, wo die Sicherheitsmaßnahmen höher sind als hier.« Mit diesen Worten will ich schon den Raum verlassen, doch so schnell lässt mich die Schwester nicht gehen.

»Wir rufen die Polizei an. Die werden wissen, wo sich ihre Lehrerin aufhält.«

Mit diesen Worten dreht sie sich um, holt eine Akte aus dem Schrank hinter ihr raus und beginnt, darin zu blättern. Während sie das macht, drehe ich mich um und schaue durch das Fenster, von dem man den ganzen Flur überblicken kann. Die Wände sind weiß und steril, was auch durch Kunstdrucke nicht geändert wird. Aus dem Augenwinkel sehe ich die Tür, die zur Station führt. Ich verspüre Freude, denn es wird nicht mehr lange dauern, dann kann ich diese Tür nutzen, um in die weite Welt zu wandern.

Genau wie dieser Mann, der gerade hereinkommt. Aber ihm scheint es nicht so gut zu gehen, denn er blickt sich wie wild um. Schweiß steht ihm auf der Stirn, dabei ist es heute nicht wirklich warm, vielleicht 20 oder 22 Grad. Irgendwie kommt er mir bekannt vor, vielleicht von einem gemeinsamen Frühstück. Doch kaum hat er mich erblickt, wird er blass und beginnt, wie wild in seinen Taschen zu kramen. Wie vom Blitz getroffen fällt es mir wieder ein: Das ist Michael, ein Mitglied der Sekte. Er war immer für die Gebetsrunden zuständig. Mit fahrigen Schritten kommt er auf mich zu und zieht ein Messer. Dunkelheit und Schmerzen umgeben mich, dann spüre ich nichts mehr.

29. Kapitel

Martin

»Kannst du mir bitte sagen, wie das passieren konnte?« Maren kommt wie eine Furie auf mich zu.

Wenn ich das selber wüsste. Wir hätten nicht gedacht, dass die Sektenmitglieder soweit gehen würden. Sie waren in jedem Krankenhaus und haben alle Stationen abgeklappert, bis sie Finn Baumann gefunden haben. Glücklicherweise ist dank des Eingriffes der Schwester nicht Schlimmeres passiert. Sie hat den Angreifer während des Zustoßens mit einem Klappmesser umgeworfen. So ist nur Finns Oberarm getroffen worden. Während sich der Angreifer mit der Schwester und Finn im Schwesternzimmer verschanzt hatte, war einer der Patienten so klug und hat die Polizei angerufen. Die anrückenden Kollegen konnten das Mitglied schnell zur Aufgabe überreden und so war es möglich, den bewusstlosen Finn und die Schwester, die unter Schock stand, schnell zu behandeln. Finn Baumann ist zwar nicht schwer verletzt, aber aus noch ungeklärten Gründen wacht er zur Zeit nicht aus der Ohnmacht auf. Vermutlich schützt ihn seine Psyche so stark, dass die Bewusstlosigkeit länger anhält. Nun stehe ich dort mit Maren, die es sich nicht nehmen lassen wollte, zu ihrem Schützling gebracht zu werden. Ich mache mir um sie mehr Sorgen als um Finn Baumann.

Sie ist immer noch überzeugt, dass sie die Tragödie hätte verhindern können, wenn sie als seine Lehrerin vor zwei Jahren mehr Druck auf das Jugendamt ausgeübt hätte. Egal wie sehr ich ihr widerspreche, sie hört mir nicht zu oder wischt meine Einwände beiseite. Daher schweige ich lieber und bleibe in ihrer Nähe, denn zum Hinsetzen hat sie nicht die Ruhe. Der Kollege, den wir vor Finn Baumann Tür abgestellt haben, schaut hin und wieder in den Raum, ansonsten ist es ruhig. Der Arzt will erst in einer halben Stunde wiederkommen. Vielleicht gelingt es mir dann, Maren zu bewegen, sich kurzzeitig von ihrem Schützling zu trennen und mit mir einen Kaffee zu trinken, damit sie ein wenig zur Ruhe kommt.

Glücklicherweise sieht es der Arzt genauso, denn als er den Raum betritt, schaut er uns an und fordert uns auf: »Verlassen Sie bitte den Raum. Ich möchte allein mit meinem Patienten sein.«

Eine Schwester hält uns die Tür auf und geleitet uns hinaus.

»Gehen Sie am besten in die Cafeteria, denn es wird bestimmt länger dauern.«, teilt sie uns mit und zieht sofort die Tür zu. Am Ende des Flures sehe ich Paula, die wild mit den Armen winkt.

»Ich habe Neuigkeiten.«

Sofort bin ich bei ihr und habe vergessen, dass Maren dabei ist. Allerdings kann ich sie ohnehin nicht von der Tür zu Finns Krankenzimmer weglocken.

»Wie geht es ihr?«, fragt Paula mit einem Blick auf Maren leise.

»Nicht so gut. Sie macht sich Vorwürfe.«

Paula nickt verständnisvoll.

»Und wie geht es ihm?« Dabei deutet sie auf Finns Raum.

»Er ist noch nicht wieder wach geworden«, erkläre ich. »Es wird vermutet, dass das wegen der Psyche ist, denn die Verletzungen waren nicht so schwerwiegend. Aber du hast neue Informationen?«

»Ja, die Wohnung, in der Hagenstein ihre Spielchen getrieben haben soll, war leer. Kein Staubkrümel, nichts. Auch kein Spiegel, von dem sie erzählte. Alles leer.«

Wow, da müssen die Leute schnell gewesen sein. Doch ehe ich etwas erwidern kann, spricht Paula weiter.

»Die Spurensicherung sucht natürlich noch nach Hinweisen, aber auf den ersten Blick ist die Wohnung clean.«

»Was ist mit den beiden Sektenführern?« Da ich sofort in die Klinik gefahren bin, konnte ich bei dem Verhör der beiden Männer nicht dabei sein.

»Nix, sie schweigen beharrlich. Wobei Ben McKenzie die ganze Zeit nur dämlich grinst. Aus denen werden wir nichts mehr herausbekommen.«

Aus den Augenwinkeln sehe ich, dass die Tür zu Finn Baumann Zimmer wieder aufgeht.

»Er ist wach«, vernehme ich und bin erleichtert. Auch Paula wirkt erleichtert. Maren hat den Arzt resolut zur Seite geschoben und ist sofort ins Zimmer gegangen.

»Ich vermute, du bist jetzt erst mal abgeschrieben.«, sagt Paula spitz.

Doch ich kontere ganz locker: »Dann kann ich mich nun wieder auf dem Fall konzentrieren. Immerhin müssen die Verdächtigen ja noch dem Haftrichter vorgeführt werden.«

Wobei wir den Täter, der Finn angegriffen hat, erst mal ins Verhör nehmen müssen. Ein Blick auf meine Uhr sagt mir, dass es wieder ein langer Tag wird. Also nur noch schnell verabschieden, dann auf die Wache und hoffen, dass wir heute Abend und nicht erst morgen früh nach Hause kommen.

»Das mit dem Richter erledigt Karsten gerade. Aber wir müssen noch ein wenig Papierkram erledigen und ich würde es gut finden, wenn wir jetzt zur Wache fahren könnten. Ich vermute, dass Frau Langenhagen noch länger bei Finn Baumann bleiben wird.«

Natürlich hat sie recht, alles andere hätte mich auch überrascht.

30. Kapitel

Martin

»Martin und Paula, kommt mal bitte rein.« Auch wenn Karstens Stimme viel freundlicher als gestern klingt, frage ich mich nur: Oh, was ist denn nun schon wieder los? Im Büro sitzt freudestrahlend der Staatsanwalt, der mit uns im Haus der Sekte war.

»Meine Damen und Herren, das haben wir super hinbekommen. Ich kann einen großen Fall vors Gericht bringen und dafür danke ich ihnen.«

Der tut fast so, als wäre die Aufklärung sein Verdienst. Klar, wir sind ihm dankbar, dass er so schnell reagiert hat und wir damit die Hausdurchsuchung schneller vorantreiben konnten. Aber wir sind es immer noch, die den Kopf hinhalten mussten.

»Ihr werdet bestimmt eine Auszeichnung unseres Innensenators erhalten.«

»Schon wieder?«, kann sich Paula einen Spruch nicht verkneifen. »»Ja, wir können wirklich stolz auf unsere Tätigkeit sein«, fügt sie hinzu.

Der Anwalt bemerkt nicht mal Paulas Ironie und redet fröhlich weiter.

»Konnte denn ermittelt werden, wer der Presse das Bild zugespielt hat?«, versuche ich abzulenken, denn zu viel von diesem Lobgeschwafel kann ich nicht mehr ertragen.

Sofort wird er blass, denn nur er oder ein Richter können es schaffen, dass die Zeitung ihren Informanten bekannt gibt. Die Gesichtsfarbe reicht mir schon, um zu wissen, dass sie nicht weitergekommen sind.

Also stehe ich auf und verabschiede mich barsch: »Dann haben Sie ja noch einiges vor.«

Karsten lächelt, denn er kennt meine Meinung über dieses Gesülze.

Auch Paula stößt sich von der Wand ab, nickend und übertrieben freundlich lächelnd geht sie zur Tür.

»Ja ähm, wollen wir nicht gemeinsam einen Kaffee auf unseren Erfolg trinken?«, versucht uns der Staatsanwalt aufzuhalten.

»Nein danke, machen Sie den Fall erst mal zum Erfolg und sperren Sie die Herren und Damen für lange Zeit hinter Gitter. Wir haben noch viel zu tun und wir können nicht auf den nächsten großen Fall warten. Die kleinen Gauner schreien auch nach uns.«, lehne ich dankend ab.

Den letzten Satz konnte ich mir nicht verkneifen, denn ich merke, dass er nur auf die große Presse aus ist. Der junge Herr möchte auf der Karriereleiter bestimmt noch hoch hinauf.

»Ich wünsche Euch einen ruhigen Dienst««, verabschiedet uns Karsten, der bemerkt hat, wie genervt wir von dem Staatsanwalt sind und entlässt uns zur weiteren Arbeit.

Nachwort

Vier Monate später.

Martin

Vor dem Gerichtsgebäude stehen wir alle zusammen. Paula, Maren, Finn und ich. Wir warten noch auf Kai, denn die Verurteilung der beiden Sektenführer zu mehrjähriger Haft ist für uns alle ein Erfolg. Eines der Sektenmitglieder, welches unseren Zeugen erschossen hatte, wurde zu 15 Jahren Haft verurteilt. Mit Frau Hagenstein wurde eine Abmachung getroffen. Sie war mehr Opfer als Täterin und aus diesem Grund hat sie zwei Jahre auf Bewährung erhalten. Michael Franzens, der Messerattentäter, wurde in die geschlossene Psychiatrie eingewiesen. Er ist so labil, dass er alles machen würde, wenn man es ihm es sagt. Er wusste zwar noch, dass er Finn angegriffen hatte, aber nicht mehr wirklich wieso. Nur, dass es so sein musste.

»Martin, eins muss man dir ja mal lassen: Das war dieses Mal wirklich ein Hafengeburtstagsphänomen«, sagt Paula und blickt zu Maren, die sich leise mit Finn unterhält.

»Ja! Nicht nur, dass ich eine Freundin bekommen habe. Nein, ich habe auch so etwas wie einen Stiefsohn erhalten.« Dabei gleitet mein Blick zu Finn.

Obwohl wir den Fall noch nicht abgeschlossen hatten, trafen Maren und ich uns immer öfter. Dabei haben wir natürlich auch Finn besucht. Anfangs war es sehr seltsam für mich, denn ich habe mich immer wie das fünfte Rad am Wagen gefühlt. Doch ich merkte immer mehr, dass er ein aufgeweckter junger Mann ist. Er hat richtig viel Ahnung von PC und Internet und das, obwohl ihm mehr als zwei Jahre Technologiefortschritt fehlen. Mit viel Reden und freundlicher Unterstützung von Finns ehemaligem Schulleiter konnten wir den jungen Mann an einer Abendschule anmelden, damit er den Unterricht für seinen Abschluss noch in diesem Jahr beginnen kann. Leider gab es keine Möglichkeit, ihn nach der Akutbehandlung im Krankenhaus in einer Wohngruppe oder einem betreuten Wohnen unterzubringen. Also hat ihn Maren ohne zu zögern bei sich aufgenommen. Daraus hat sich auch zu mir eine Freundschaft entwickelt. Hin und wieder ist es sehr seltsam, denn er hat als Kind vieles nicht erlebt, was elementar wichtig wäre. Umarmungen waren für ihn etwas, bei dem er erst mal lernen musste, dass man sich nicht dafür bedanken muss. Zu seiner Mutter hat er keinen Kontakt mehr. Ich habe sie hier im Gerichtssaal erlebt, wo sie den Richter zur Schnecke gemacht hat, und ich bin überzeugt, dass es besser so ist für Finn.

Heute wollen wir uns nur noch entspannen und Finns größter Wunsch ist es, einmal zum Zollenspieker zu fahren, um dort bei Wurst und Pommes die Fähren zu beobachten. Ja, es ist wirklich ein Hafengeburtstagsphänomen der besonderen Art gewesen und wenn ich Maren so ansehe, dann hat diese kleine Person mich bereits voll im Griff.

Wir hoffen, dass Ihnen dieser spannende Krimi von Alexandra Krebs gefallen hat. Weitere spannende Romane und Kurzgeschichten aus dem Fehnland-Verlag finden Sie auf unserer Internet-Seite

www.fehnland-verlag.de